陰キャだった俺の青春リベンジ5

天使すぎるあの娘と歩むReライフ

慶野由志

角川スニーカー文庫

23842

CONTENTS

illustration by たん旦

design by 小久江 厚（ムシカゴグラフィクス）

プロローグ　名前呼びビギナーズ

俺こと新浜心一郎（にいはましんいちろう）は、二周目の人生を歩んでいる。

三十歳で社畜として過労死したはずなのだが、目を覚ますと高校二年生である時代にタイムリープしていたのだ。

その謎すぎる現象に戦きつつも、俺はこの奇跡を活かして後悔だらけな青春へのリベンジを果たすべく行動を開始し——もう半年近くが経過した。

かつて陰キャだった自分を変えようと活動的になった成果として、俺の高校生活は前世のそれとはすでに大きく異なっている。

そう例えば——こうして夜に女の子と電話でお喋（しゃべ）りするなんて、前世では全く未経験のシチュエーションだった。

『それでですね！　さっきの話の続きなんですけど——』

携帯電話の向こうから、少女の明るい声が俺の耳朶（じだ）に届く。

俺の想い人である女の子――紫条院春華。

シルクのように長く艶やかな髪と、乳白色の肌、宝石のような瞳、神が手ずから造形したような美貌――その全てを兼ね備えた世界有数レベルの美少女である。

『まったくお父様とお母様ったらひどいんですよ！　私が酔った醜態を思い出して頭を抱えていたら、勝手に部屋に入ってきてとっても騒いで！　私が自己嫌悪のあまり叫んで驚かせちゃったのは確かですけど、デリカシーが不足してます！』

「なるほど……時宗さんがすっ飛んできたのが目に浮かぶな」

自宅での夜、俺は電話の向こうにいる少女へしみじみと言葉を返した。

今まで学校以外での俺達の連絡はメールが主であり（この時代はまだスマホが普及しておらずチャットアプリなどはない）、電話をかけるのは明確に何か用事がある時ぐらいだった。

だけど夏を経た今、俺達はメールより電話の方が早いという理由でポツポツと通話を用いるようになっていた。

それだけでも大きな変化なのだが――

『そういえば私が恥ずかしさのどん底にいるのを見て、お母様が『お赤飯？』とか変なことを言ってましたけど……意味わかります？』

「ぶ……っ⁉」

な、何を口走ってるんだあのセレブママ⁉　おかげでこんなに回答に困る質問が俺に回ってきたじゃねぇか！

「は、ははは、いやちょっとわかんないなぁ。ああ、ところで話は変わるけどフルメダの新刊見たか？」

『あ、はい！　見ました見ました！　前の巻で何もかも失った主人公が一人で戦いを再開するのがカッコ良すぎて最高でした……！』

「超わかる。あとボロい量産ロボを使ってのバトルがめっちゃ良かった」

『わかります！　もう後半は映画を見てるみたいに興奮しっぱなしで……！』

熱を帯びた同好の士の感想は、いつ聞いても心地よい。

恥ずかしがらずにストレートな『好き！』を露わにできるのはこの少女の美点だと思う。

『それにしても……ふふ、何だか嬉しいですね』

ひとしきりラノベ新刊の感想を言い合った後、電話の向こうから穏やかな喜びを噛み締めるような声が聞こえた。

「ん？　ラノベ感想を言い合えるのがか？」

『いえ、それもありますけど……こうして心一郎君と好きな時に話せるようになったことですよ』

「……っ！」

さらりと口にされた自分の名前に、心臓が跳ねる。

こうなったのは、先日に仲の良いメンバーで海に行ったのがきっかけだった。

とあるトラブルから紆余曲折ありあり、俺は意中の少女から名前で呼んでもらえるという信じられない幸福を手にしたのだ。

（け、けどやっぱりドキドキしすぎて心臓への負担がデカい！）

名字呼びと名前呼び――ただそれだけの違いなのに、俺の頬は自然と熱を帯びて朱に染まり、脳の奥に甘い痺れを感じてしまう。

（ああもう、いつまでドギマギしてるんだ俺は！　あの始業式の日からそこそこ経つっていうのに……！）

内心の動揺を悟られないようにして、俺は軽く息を吐いて精神を整える。

タイムリープ前は大人で社会人生活も長かった俺だが、こういう時の反応は未だに中学生のそれである。

「あ、ああ、そうだな。メールだと打つのに結構時間がかかるし、電話はやっぱ便利だよな。紫条院さんも――」

『あー！　またですよ心一郎君！』

俺が言い終わる前に、ちょっと拗ねたような声が携帯から響いた。

『また呼び方が元に戻ってます！　他人行儀はやめるって言ってくれたのに、そういうことをされると悲しいですー！』

「い、いや、なんかまだ慣れなくて……悪い春華」

可愛らしく不平を口にする少女に、俺は電話なのについ頭を下げてしまう。

晴れて名前呼びするようになった俺達だったが――好きな子に『心一郎君』と呼ばれる破壊力に、俺はこんな感じで未だに動揺しっぱなしだった。

そんな童貞丸出しの俺に比べ、紫条院さん……もとい春華の方は何のためらいもなく俺を心一郎君と呼んでくれている。

とても無邪気に、ただ純粋な好意だけを込めて。

(それと……なんだか俺への接し方もどこか変わったような？)

どこがどうと言われたら困るが、何だか今までよりもさらに遠慮がなくなったというか……今まで通り品行方正ながらも少し奔放になったような……。

(まあ、だからって彼氏彼女って感覚じゃないんだろうけどなぁ)

おそらくだが、ド天然少女である春華の中では『名前呼びできる＝とっても仲の良い友達』という図式があり、それは女友達だけでなく男友達にも適用されているのだろう。

なので、俺のことを親しく感じてくれているのは間違いないが、男子として意識されているかどうかは不明である。

『ふふ、別に怒ってませんよ。でも、心一郎君が名前で呼んでくれたら、私はとっても嬉しいことを忘れないでくださいね？』

（ぶほぉ……!? な、なんつう可愛らしいことを……！）

無垢な声音で朗らかに囁かれた言葉に、胸の奥で甘い何かが弾けるような感覚を抱く。

こういうことをサラリと言ってしまえるのが、春華の天然小悪魔としての資質だった。

『それに私は真逆のことで謝らないといけませんしね……この間はつい教室で間違えて名前で呼びかけて申し訳なかったです』

「ああ、あのことか……まあ大ごとにならなくてよかったよ」

名前呼びが決まった俺達だったが、当然の提案として俺はそれを二人っきりの時限定とするように求め、春華は不思議そうな顔になりながらも特に異論なく頷いてくれた。

だがそれから四日後――ちょっとした事件は起こった。

昼休みの教室で、春華は俺との雑談中についうっかり『ええ、そうなんですよ心一郎く――』と言いかけてしまったのだ。

それに対する周囲の反応は、激烈だった。

昼休みの教室は騒がしい上に、春華のその声も決して大きくはなかった。

だというのに——その瞬間、教室で食事や談笑の最中だった大勢のクラスメイト達は時が止まったかのように静止し、そのコンマ一秒後に俺達へ向けて一斉に視線を集中させてきたのだ。

(あいつらのシンクロっぷりは怖かったなあ……春華が『ひゃぁぁぁ!?』ってビビりまくっていたのも無理ないわ)

その場はなんとか『はは、違うって紫条院さん、あの主人公の名前は心一郎じゃなくて浩一郎な!』などと言って誤魔化し、驚愕に目を見開いていたクラスメイト達も『なんだ聞き違いか……』みたいな顔で各々の昼休みに戻っていったが……。

『心一郎君が人前で名前呼びがバレると大変なことになると言っていた意味がよくわかりました……理由はわかりませんけど、みんなの反応が尋常じゃなかったです……』

「俺もあそこまで激烈な反応があるとは思っていなかったから正直ビビったよ……反応良すぎだろあいつら」

やはり春華が異性の名前を呼ぶとなると、男女問わず興味を持たない奴はいないらしい。青春真っ盛りの高校生がどれだけ恋愛の気配に敏感なのか、再確認させてもらった思いだ。

「という訳で、ご両親にも内緒にしておいてくれよ？　特に時宗さんとかめっちゃ過敏に反応しそうだし」

『はい、そこはちゃんと気をつけます！　いつかみたいにお父様が原因で心一郎君に迷惑をかけることはないようにしますから！』

　力強く宣言する春華だったが、この少女の中には生真面目さとポンコツさが同居していることを知っている俺としては一抹の不安が残る。

　まあ、バレたからってそんなに深刻になる話でもないけどな。

『そもそもお父様は展開している拡張事業とやらで今凄く忙しいらしいですし、バレちゃう機会なんて殆どないですよ！　あ、でも……来月末は家族で必ず食事する日があるのでその時はうっかりしないように気をつけなきゃですね』

「ふぅん？　なんか祝い事でもあるのか？」

　あの親父さんは本当に家族との時間を大切にしているんだなぁという感想を抱きつつ、俺は話の流れで何の気なしにそう尋ねた。

　まさかそこに、春華に恋する男として絶対に聞き逃せない重大な情報があるとは予想もせずに。

「あ、はい。実は来月にですね——」

一章　バイトの面接に来た男子高校生がどうもおかしい

「ううううむ……」

春華との電話を終えた俺は、自室の椅子の上で唸っていた。

先ほど春華自身の口から聞いた情報は俺にとって極めて重大なことだったが……とある悩みも同時に発生してしまったのだ。

そう、すなわち――誰も彼もがいつだって抱いているあの悩みだ。

「……要るな。金が」

俺は今、唐突に金が必要になっていた。

そんな訳で、さっきから金策のためにパソコンに向かっているのだが……。

（金……金かぁ……前世では学生の時も社会人の時もあんまり使わなかったな。友達が少ないとカラオケや飲み屋に行く機会もあんまりないし、ゲームやラノベも死ぬほど買ってた訳じゃなかったし）

せっかく未来知識があるのだから株でも買ってみるか？

……というのは実はタイムリープ直後から今までも何度か頭をよぎった。

だが現状の結論として、それはまた大人になってから検討しようと考えている。理由としては、人間としてのタガを外さないためだ。

若くして労せず恒常的に大金を得られる——そのチートを許容すれば、俺の人間性や人生観を今まで通りに保てるかどうか正直自信がない。

分不相応な金は人間を容易に変えてしまう魔力がある。

今後一切働く意欲がなくなってしまうかもしれないし、人生の危機感が薄れて知らず知らずの内に堕落していくかもしれない。

俺はそれが怖いのだ。

（そういえば……前世で文字通り死ぬまで働いて貯めた金は全部無駄になったんだよな。安月給ながら口座に使い道のない金が貯まるのだけが苦労の対価だったけど、全く使わずに死ぬとか我ながら人生が徒労すぎる……）

使う時間がなくてやたらと貯めていたお金は、当然ながら今世には持ち越していない。

こんなことなら、超高い酒でも回らない高級寿司屋でも、好きなものを堪能（たんのう）しておくべきだったと今更ながら後悔がよぎる。

（まあ、本来はくたばるだけだった運命にコンティニューの機会が与えられたんだから、文句なんて言えないけどさぁ……）

とはいえせめて特上ウナギくらいは食っておくべきだった——そんな未練がましいことを考えていると、自室にドタバタと足音が近づいているのに気付いた。

「兄貴っっっ!!」

勢いよくバンッとドアを開けて入ってきたのは、ポニーテールが似合う妹の香奈子(かなこ)だった。可愛い顔立ちと明るい性格を持ち合わせた陽キャな奴だが、何故か今はもの凄く興奮している。

「ちょ、お前！　いくらなんでもノックくらい——」

「おめでとおおおおおお！」

「うえ!?」

めっちゃ興奮した声とともに、パンパンと銃声のようなものが部屋に鳴り響き、微かに花火のような匂いが満ちた。

それと同時に様々な色のテープ片が宙を舞い……ってこれクラッカーか？

「とうとうやったんだね兄貴！　兄貴の人生史上最大の偉業に、香奈子ちゃんも思わず感涙だよ！」

Tシャツと短パンの部屋着姿の妹が、まるで難関大学の入試に合格した我が子に対するように手放しの賞賛を向けてくる。

い、一体どうしたんだこいつ？

「え、いや……いきなりなんなんだこれ？」

「あはは、隠さなくていーって！　さっき兄貴の部屋の前を通りかかった時に、電話で春華ちゃんのことを呼び捨てにしていたのはバッチリ聞いたし！　やー、もうこれは今夜はお赤飯だね！」

「あー……」

ハイテンションにまくしたてる妹の姿に、俺は状況を大体把握した。

しかし秋子（あきこ）さんに続いてお前までお赤飯かい。

女子中学生のくせに妙に発想が古いな……。

「ふふ、まー、この私がアドバイザーをやってあげたんだから最初から勝ち確だったけどね！　これで晴れて春華ちゃんを合法的に家に招待し放題！　夢が広がりまくりだよ！」

「ええと、そのことなんだがな……」

「ふぇ？」

交際開始どころか結婚が決まったかのような勢いの妹に、俺は一歩前進ながらもゴールに到達した訳ではないことを説明し始めた。

　すると満面の笑みを浮かべていた妹は虚を衝かれたようにポカンとした表情になり——しまいには納得できないと言わんばかりに絶叫した。

「なんなのそれえええええ!?　お互いに名前呼びになったのに彼氏彼女じゃないってどういうこと!?」

「どういうことなんだろうなぁ……」

　改めて言われると訳のわからん状態ではある。

　名前呼びしているのに恋人じゃないなんて、幼なじみ系ヒロインとのラブコメとかでは見たことがあるが……。

「はぁ……まあ、つまりベクトルの問題ってことかぁ。春華ちゃんの兄貴への好感度は確実に上がっているけど、どこまでいっても友情値であってそれが恋愛値に切り替わってないってことだね……」

　ため息交じりに言う妹の分析は俺も同意見だった。

　そもそもあの天真爛漫(てんしんらんまん)なお嬢様は、学校中の男子から好意を寄せられてもその全てに気付かずスルーしてしまうほどの超弩級(ちょうどきゅう)の天然である。

　だからこそ、あれだけの美貌(びぼう)を持ちながら未だに彼氏がいたことがないのだ。

「あーもー！　ぬか喜びしちゃったじゃん！　こうなったら一刻でも早く兄貴に完全勝利してもらわないと！　もういっそグワーッていってチュッコラして雰囲気いいとこでズドンしちゃえっ！」

「ズド……っ!?」

もうちょっと女子中学生らしく振る舞え馬鹿妹！

お前は猥談で盛り上げる飲んだくれのオッサンか!?

「まったくお前は……まあ、完全勝利のために努力するのはもちろんだよ。そのために次頑張ることはもう決まったしな」

言って、俺はチラリと机の上のパソコン画面に視線を向ける。そのための当てはちょうど探し終えたところだ。

「んん？　努力って何のこと……って、これ……マジでやるの？　確かに兄貴は別人みたいに明るくなったけど、こういうのってたくさんの知らない人と上手く話さないといけないんだよ？」

俺の視線を追ってモニターを覗き込んだ香奈子が、割と本気で心配している様子で言った。

まあ、その懸念はわかる。

香奈子の視点からすれば、俺が口下手陰キャオタクから脱却してまだ半年も経っていない。せっかく明るくなったのに、未知の世界に飛び込んで打ちのめされたらまた暗い俺に逆戻りするのではと思っているのだろう。

だが、もう俺の心は決まっている。

「ああ、マジでやる」

実を言えば……やや葛藤もあった。

俺の前世において生活の大半を占めていたもの。

将来的に絶対に避けては通れないと知りつつも、俺の人生を破壊したあの場に再び立つことができるのか——そんな不安もある。

何せ、前世の俺を殺したのはまさしくそれなのだから。

「ちょっと金が欲しくてな。労働ってものをやってみることにしたんだ」

＊

私の名前は三島結子。

しがないＯＬであり、実家に帰るたびに母親から『あんたいい人いないの？』とか聞かれてしまうのがお辛い二十七歳である。

　首の後ろでまとめたミドルヘアーにメガネとスーツという典型的ＯＬスタイルは、とにかくテンプレ通りにしておけば誰からも後ろ指はさされないだろうという私のものぐさな性格の表れである。

　なお、この間偶然会った高校時代の漫研友達からは『あははは！　顔の良さのおかげでちゃんとデキる女みたいになってるじゃん！　ズボラ女にしてはバッチリの擬態だよ！』などと褒めてるのか貶してるのかよくわからないことを言われてしまった。

　そんなキラキラさの足りない私だけど、誰もが知る大企業に就職できたことは数少ない自慢だ。大学もフツーのとこだったけど、尻込みせずに就活してみるものだなぁと自分の勝ち組人生のスタートに感涙したものだ。

　そのはずだったのだけど――

「ああああああぁぁぁ！　どうすんのよこれぇ⁉　もう無理！　ムリムリムリムリムリカタツムリだってぇぇぇ！」

　まだ自分以外誰もいない朝の七時。

　私は自分に与えられた職場の専用個室で頭を抱えていた。

　繰り返すが私は二十七歳のしがないＯＬであり、エリートでも何でもない。

だというのに、胸のネームプレートには分不相応な役職が刻印されている。

すなわち、『紫条院グループ千秋楽書店　ブックカフェ楽日　店長代理　三島結子』と。

「ううううぅ……どうして私なんかが店長代理なのよぉ……」

この『ブックカフェ楽日』は喫茶書店という新たな事業展開を模索する試験店の一つであり、カフェ経営のプロを招いて店長に据えている。

外部のカフェ会社に完全委託していないのは、千秋楽書店の中にカフェ部門、ないしは半独立したカフェ会社を作りたいという意欲が上の方にあるかららしい。

なので、私も元々は千秋楽書店の本店勤めであり、社内で調達や企画をそれぞれ数年こなしただけの事務屋で、この店への出向が決まった時は驚いたものだ。

オープン当初こそゴタゴタはあったものの、半年経った現在ではある程度ノウハウも蓄積されており、客足も上々で上層部も概ね結果に満足しているらしい。

おかげで私も一スタッフとして気楽にやっていたのだけど……。

「店長がいきなり入院するとか予想外じゃん!?　というかいくらスタッフの中で一番経験があるからって、フツーこんな若い女子社員を店長代理にする!?」

こんなに朝早くから出勤しているのも、店長代理としてやることや考えることが多すぎるからであり、決して勤労意欲が燃えさかっている訳じゃない。

事の発端は、店長のキャバクラ通いが奥さんにバレたことらしい。

般若の如く憤怒に燃えた奥さんに震え上がった店長は気が動転し、自宅の二階の窓から逃走を試みて……そのまま地面へと落下して頸骨捻挫と右足骨折により病院送りとなってしまったのだ。

「『代わりの店長は手配中だが、時期的にすぐには手配できそうにない。なので現状維持だけでいいから頑張ってくれ』って何よそれぇ！　こちとら大黒柱の店長が抜けたせいで現状維持すらヤベーんですけどぉ⁉」

華やかでスタイリッシュなイメージを前面に出すカフェ事業のテストだからって、店長以外のスタッフを全員若手で統一したのがめっちゃ裏目に出てるじゃない……！

「しかも最悪なことに夏休みの終盤から大学生のバイトが大量離職……！　揃って辞めるならなんでもっと前から言っておかないのよぉぉ⁉　そのせいで人手の面でもあちこち無理が出ちゃって売上げにも響いてる……！　これを私の才覚だけで盛り返せっての⁉」

早朝のお店が無人なのをいいことに叫びまくり、店長室に私の嘆きと怨嗟が充満し続ける。現状に対する愚痴は尽きることはなく、少しでもストレスを放出すべくつい声に出してしまう。

とはいえ……いつまでもピーピー言ってもいられない。

泣いたりキレたりすれば苦役が免除される——そんなのは義務教育の間までと悟る程度には、私はもう大人だった。

(はぁ……最大の懸念事項はやっぱりバイトの人数ね)

私は微糖の缶コーヒーを一口啜り、現状を確認する。

(応募してくるのは高校生が多いけど、誰も彼もすぐ辞めちゃうのは何なのよもう！　ウチの職場環境が悪いのかと何度も頭をひねったけど、純粋にどの子も仕事を甘く見すぎでしょぉ……！)

夏の終わりに発生した大量離職によりバイトを緊急募集したのだけど、応募してきたのは客観的に見てどの子も——言い方は悪いけどハズレだった。

ブックカフェというお洒落な響きに惹かれて応募したものの、思ったより重労働で三日で辞めちゃったのが一人目。来店した友達と延々喋っているので注意したら、次の日から連絡なしで来なくなったのが二人目。

さらに面接では『明日から出勤できます！』と笑顔で宣言しておきながら、そのまま音信不通で連絡すらつかなくなったのが三人目だ。

そんな感じで、私はもうすっかり高校生不信だ。

私も採用側になって実感したのだけど、『やっと新戦力が来た！　丁寧に教えて大事に育てよう！』→『辞めます』のコンボは徒労感が半端ない。

（……今日も八時からバイト面接かぁ。さて今回はどんな子だっけ……）

気持ちを愚痴モードから仕事モードに切り替えて、私は送られてきた履歴書をめくった。

面接の約束は別のスタッフが電話で取りつけてくれていたものの、まだ面接官である私が詳しい情報に目を通していなかったのだ。

（名前は……新浜心一郎君ね。へぇ、顔はちょっとカワイイ感じかも）

履歴については当然ながら普通だけど、写真に写っている学生服姿の男の子はなかなか真面目そうな雰囲気がある。

これならもしかして頼りになる戦力になってくれるかも――

（いやいや、騙されちゃいけないわ私！　こんな真面目そうな顔した子こそ労働を舐めているものよ！　これまで何度も裏切られてきたじゃない！）

つい希望が全面に出てしまった心を引き締める。ちゃんとこうやって予防線を張っておかないと、また駄目だった時のダメージが大きいのだ。

（ふぅ……ちょっと朝から色々考えすぎてハイになってるわね。面接であんまり不景気な顔を見せるのもどうかと思うし、ちょっと外の空気でも吸いますか）

私はため息一つ吐いて、気分転換のために席を立った。

＊

まだ開店前の店舗内は静寂に満ちていた。

広い店内にはたくさんのテーブルと椅子が並んでおり、レジカウンターの後ろにあるキッチンも綺麗に片付いている。

この店と一般的な喫茶店との最大の違いは、このカフェエリアと併設してある書店の存在だった。お客はドリンクさえ購入すれば、書店から好きな本を持ち込んでカフェの席で読むことができるのだ。

ここ近年で増えている割と新しいスタイルだけど、千秋楽書店本社の社長は新しい事業として大きな期待を寄せているらしい。

（だったら、新しい店長を早く都合して欲しいんですけどぉ……）

愚痴を吐きつつ、カフェ入口のドアロックを解除して外に出る。

すると、朝の澄んだ空気が私を迎えてくれた。

「ふう……」

秋の空は晴れ渡っており雲一つ見えず、爽やかな風が頰を撫でていく。

そんなささやかな自然との触れ合いも確かに効果はあるようで、パソコンのデジタル文字に疲れた目と、問題の山積みに軋む心が幾分かは癒やされる。

（あー……こんなにいい天気なのにこれから仕事とか悪夢ね。あぁ、早く帰って動画見ながらお酒飲んで寝た……い……？）

そこで私は気付いてしまった。

私がいるカフェの入口から少し離れた地点に、誰かがいる。

ウチのスタッフの誰かかと思ったけどそうじゃなく——夏服の学生服を着た男の子だ。

それも妙なことに建物の壁を背にして直立不動で立っており、まるで待機を命じられた警察犬のようにじっとしている。

（な、なんなのアレ⁉　意味わかんなくてすっごく怖いんですけどぉ⁉　……ってあれ？　あの顔って……）

朝っぱらから謎の棒立ちをしている少年に一瞬ビビりつつも、すぐにその顔が見たばかりであることに気付く。

間違いない。さっきの履歴書の少年——新浜心一郎君だ。

（え、え⁉　面接って八時からでしょ？　どうしてその一時間も前に来てずっと立ってるのあの子？　時間を間違えたとしても入口が閉まっているのは見ればわかるでしょ⁉）

今時の十代の考えていることがさっぱりわからず、私は混乱して頭を抱える。

夏が終わったとはいえまだ暑さが残るこの朝から、どうしてあの子は汗ばみながら忠犬ハチ公のように延々と待っているのか？

（ああもう、訳わかんない！　で、でも、とにかく行かなきゃ！）

凄まじく奇異に思いながらも、そのまま放置することもできず私は隠れるようにして立っている彼のもとへ走った。

――その少年が私にとって救いと胃痛を振りまく存在になるとは、この時はまるで想像もせずに。

＊

「本日はお時間をとって頂きありがとうございます！　新浜心一郎と申します。よろしくお願いします！」

店長室に招いた新浜君は、面接官である私に向かって元気良く挨拶した。

そして三十度の角度でお辞儀をして、後ろを振り返ってドアを閉める。さらに促されるのを待って着席し、手は膝の上に置いて背筋はまっすぐに伸ばしていた。

（え、何……？　就活生？）

まるで就活地獄で何十回も面接をこなしたかのように、その動きはぎこちなさがまるでなく、身体に染みついているようだった。

高校生がそんなものを覚える機会なんてないはずだけど……。

（な、なんともキッチリした子ね……。いやまあ、面接の時だけ礼儀正しく振る舞うなんて当たり前だし、決めつけるのは早いけど）

先ほど店の陰に隠れるようにして立っていた彼を見つけて、予定よりも早いながらも面接を開始することにしたのだけど……今のところは本当に真面目の一言という印象だ。

ただ、私はその真面目さに妙なちぐはぐさも感じていた。

なんかこう……大人の真似事じゃなくて、子どもの中に大人が入っているような……。

「ごほんっ……はい、改めまして店長代理の三島です。本日はよく来てくださいました。それでええと……とりあえずまず聞きたいのだけど、なんで約束の時間の一時間も前からこっそりと待ってたの？」

「……？」

私が最も疑問に思っていることを尋ねると、新浜君は不思議そうな顔になってしまった。

え……その、私って何か変なこと聞いた？

「それは……アルバイトとはいえ、職場で上司になるかもしれない方との約束なのでやはり一時間前には待っていなければと……」

「いやいや……心がけはいいけどちょっとやりすぎよ。たとえ大人の会社員同士でも約束した時間のせいぜい十五分前に着いていれば完璧で、そもそも遅刻さえしなければ基本的に問題ないから」

「っ⁉　そ、そうなんですか……⁉」

私がごく普通の社会人の時間前行動について話すと、何故か彼は今までの常識が崩壊したような勢いで衝撃を受けていた。

「それは……困惑させてしまったようで申し訳ありませんでした……」

「いやそれは全然いいけど……アポの一時間前から待つとか、誰からそんなことを教わったの？　怪しいマナー講座系のビデオでも見た？」

時間前行動は美徳でもあるけど、あんまり早すぎるのは相手へのプレッシャーなどを誘発するので必ずしもマナーがいいとは言えない。

そこのところをちょっと教えてあげようと水を向けてみると――

「ええと、実は……前の職……いえ、前のバイト先で上司と面談やら打ち合わせやらの約束をすると『予定が空いたから一時間早く来てやったのにどうして待機してないんだ！』

と激しく罵倒されたことが何度かあったので……」

「…………は？」

何を言っているのか咄嗟に理解できず、私は間の抜けた声を漏らした。

「というより職場全体から『上司と待ち合わせする時は部下の方が死んでも先に来ないと駄目。なので上司の予定が早まってもいいように、最低一時間前から待機しておくのが下っ端の常識』と叩き込まれたんですが……」

「常識な訳ないでしょぉっ⁉」

語る彼の表情から本当にそう叩き込まれたのだと察した私は、意味不明にもほどがある『常識』に思わず叫んでしまった。

「一体どこのアホ企業よそこ⁉　自分の都合で一方的に予定を変えても対応しろとか、仕事が成り立たないレベルで社会性が死んでるでしょ⁉」

あまりの馬鹿馬鹿しさに、私はつい面接の場で怒りが滲んだ声を上げてしまった。

（でもまあ、実際あるでしょうねぇ……そういう会社も）

学校とか部活もそうだけど、会社という閉じた世界では世間から見たら目を疑うようなルールがまかり通っている場合が多い。

そして、いつしかまともな人ですらその謎ルールを常識と思い込み、他人にも強制しだすという負の連鎖を生むのだ。

「いい？　そんなクズみたいな大人の言ったことは今すぐ一切忘れなさい……！　卒業してもそんな奴らがいる職場には絶対行っちゃダメだからね！」

「……！　は、はいっ……！」

目の前の少年の未来を案じてつい語気を強めてしまったけど……何故か新浜君は感極まったような声を出した。

それだけじゃなくて、まるで精神的な呪縛を取り払ってもらったかのように、その表情は救いを得たものになっており……私を見る目に尊敬の念が交ざり始めたような気がする。

（⁇　私、そんなに大したこと言ったっけ？）

むしろ面接中に声を荒らげた自分が恥ずかしいくらいなんだけど……若い子の考えることはやっぱりよくわからない。

「まあ、その辺はもういいから、面接を進めましょうか。……って、まあ、こっちの聞くことがないくらいに履歴書にみっちり書いてくれてるけど……」

もう今更堅くしなくてもいいかと判断した私は、砕けた口調で言いながら彼の履歴書をめくった。

自宅から店までの距離・通勤時間、シフトに入れる時間帯と曜日、長期休みについて、いつごろまでバイトを続けるかの想定、テスト期間。保護者と学校の同意書もしっかりと添えてある。

「ええと、そして志望動機だけど……ふんふん、まあこれは普通ね。時給と通勤の条件の合致、と」

「はい、こちらのお店が募集しているアルバイトの条件が、とても私の希望に適うものだったので」

バイト面接においてはこの辺はシンプルでいいから助かる。

入社面接だったら志望動機に『お金が欲しいから』『近いから』などと正直に書いてはいけないので、御社の発展性が云々などと意識の高い動機を並べなきゃいけないのが辛いところだけど。

「ふぅん、そうね。この条件ならウチとしてはとてもありがたいけど――」

正直、目の前の少年はやりすぎなくらいに真面目そうで、是非欲しい人材だと思える。けど、最近高校生バイトに煮え湯を飲まされ続けた私は、どうしても不安と警戒が心に滲んでしまう。

バイトの中には真面目に見えてずる賢いサボり魔だったなど、信じられないほど上手く擬態していた例も多々ある。

そうでなければいいと祈りつつ、私はそれを少しでも推し測れるように口を開いた。

「最後にちょっと質問させて欲しいんだけど、ウチってどこの会社が経営しているお店かわかる？　あと、通勤範囲内にはブックカフェも何店かあるはずだけど、どうしてウチを希望したの？　バイト代が特別にいいって訳じゃないと思うけど」

それは特に意味のない質問だった。別にアルバイトが経営会社を知っている必要なんてないし、何故ウチを選んだかなんて、『なんとなく』でも別にいい。

けど、高校生が咄嗟には答えられない質問をしてみることで、その態度を見たかった。

焦りながらも何とか回答しようとするか、それとも面倒くさそうな顔になって雑に答えるか……態度によって実際どれくらい真面目にやってくれるかが、多少はわかるだろう。

「そうですね……。では少々長くなりますが回答させて頂きます」

（……あれ？）

揺さぶったつもりだったのに、新浜君はまるでこちらの意図を察したかのように納得した顔になったかと思うと、落ち着いた様子で口を開いた。

「まずこのブックカフェ楽日についてですが、もちろん知っています。千秋楽書店が新しい書店の事業形態を探るためにオープンした本の読み放題とカフェ事業を合体させたテスト店で、その一号店ですね。試験期間は最低二年を予定しており、結果によってはA市の

B店、H店、さらにG市のI店を順次同じ形態に移行する計画があると聞いています」

「へ⁉」

新浜君がさらさらと語り出した内容に、私は目を丸くした。

それはざっとネットを眺めているだけでは知れないような……ウチのホームページやプレスリリースをよく読んでいないと出てこない情報だったからだ。

「そして賃金など以外で何故このお店に心惹かれたかですが、やはりその先進性ですね。私は以前から書店の仕事に興味を持っていたのですが……電子書籍の台頭が予想される中、御社が先見性を持って書店の未来を模索しているのは非常に素晴らしいことだと感じており、その最前線であるこのブックカフェ店に強い関心がありました」

（なにこれ⁉）

店の出自・出店コンセプトと志望動機をミックスして語る新浜君に、私の頭の中は疑問符で埋め尽くされていく。

一体何故この少年は、たかがバイトの志望先である企業をここまで入念に調べて、入社面接ばりの回答をここまで練っているのか？

もうなんか真面目とかそういうのを超越して、ちょっと恐怖なんですけど？

「――そして、他社の同コンセプト店と比べても、最もスタイリッシュで広い客層を取り入れようとしているこのお店で働いてみたいと感じたのです。拙い回答でしたが、私の考えとしては以上になります」

「そ、そう……」

面接官としてはあるまじきことだけど、感心とドン引きが交ざった苦笑いを隠すことはできなかった。たった十分程度しか経っていない面接だけど、話せば話すほどに人となりが不可解になっていくのはどういうことなんだろう？

「……ま、まあ色々と驚いたけど、ともかく君が死ぬほど真面目なのはよくわかったわ。そして……ええ、それが今一番ウチの店が求めていることなのよね」

まあ、採用か不採用かと言えば採用一択だ。ちょっと困惑してしまったけど、雇う側としては真面目であること以上にありがたいことはない。

（とは言え、極端すぎでしょ……！　真面目な子が欲しいとは願ったけどここまで超弩級にクソ真面目な子にしろとか誰も言ってないから！　なんかこう……ほどよい感じじゃ駄目だったのぉ⁉）

「ふぅ……あー……ええ、採用よ新浜君。次の土曜日から早速入ってくれる？」

「！　ほ、本当ですか！　凄く嬉しいです！」

私が採用を告げると、新浜君はぱっと顔を輝かせた。

その嬉しそうな表情と声はやはり高校生のもので、私はようやくこの子の中に子どもを見つけてホッとする。

「それじゃ一生懸命頑張りますのでどうかよろしくお願いします！　あ、新人として初日は早朝から店中を掃除しようと思うのですけど、朝六時からがいいですかね？　それとも五時からやった方がいいですか？」

「そんな新人シゴキみたいな習慣はウチにはないわよっ⁉　いいから君はさっさとその前時代的な考えを残らずゴミ箱に捨ててきなさい！」

ごく当たり前のように前時代的な風習を持ち出す少年に、私は声を大にして叫んだ。

二章　労働再開の社畜と光のホワイト企業

晴れた空が広がったその日、ブックカフェ楽日の店内には元陰キャだった俺には不似合いとも言えるキラキラした休日の雰囲気が満ちていた。

モノトーンを基調とした内装はとてもスタイリッシュな印象を与え、テーブルや椅子なども北欧家具のようなデザインでとてもセンスがいい。

安らぐような落ち着きと眩いお洒落に満ちた空間が、そこにはあった。

（よくこんなお洒落空間のバイト面接に受かったもんだな俺……）

エプロン型の制服に身を包んだ俺こと新浜心一郎は、カウンターでレジを打ちながら胸中で呟いた。

ここの若くて美人な店長代理である三島さんとの面接を経て採用を勝ち取った俺は、こうして今世初の労働に従事しているのだが……なんだかとても新鮮な気持ちだ。

（三島さんは若いけど本当にいい人だな。千秋楽書店本社からの出向組で新店舗の店長代理ってんなら相当なエリートのはずだけど、他人を見下すどころかバイトにもかなり親身になってくれてるし。いい会社っていうのはやっぱり社員の質もいいんだな）

特に、面接の時に俺が前世で叩き込まれたブラック企業の謎ルールについて話した時に彼女が示してくれた反応は、俺にとって鮮烈だった。

（アホなルールを押しつける会社の存在にちゃんと怒ってくれて、高校生がそれに毒されることを心配してくれていたな。前世のあの会社にはいなかったちゃんとした大人だ……）

前世の俺が知らなかっただけで、世間にはあんな常軌を逸した会社だけではなくちゃんとまともな会社とまともな大人がいる――そう実感した時は密かに感極まってしまい、三島さんを困惑させてしまったものだ。

（しかし、やっぱり一時間前行動って、さも一般常識のように叩き込まれたけど、あの会社だけのクソルールだったんだな……今に至っても真に受けてた自分が恥ずかしい）

と、そんなことを考えていると――

「三番ドリンクあがりましたー」

「はい、三番オッケーでーす！」

カウンター内にいる他のアルバイトからドリンクを受け取ると、俺は店独自の符丁で応えながらトレイの上にそれらを置き、ストローや紙タオルを添えた。

「お待たせしました！　黒糖ミルクティーとバナナショコラオレです！」

営業スマイルを全開にしてドリンクを提供し、お客はちょっとお洒落なドリンクに目を輝かせてそれを受け取る。

ここの配属になってから、俺はもうすでにこのやりとりを延々と繰り返していた。

（ブックカフェのバイトといっても、俺みたいな新入りはしばらく皿洗いや本の整理とかの仕事が殆どかと思ったけど……こんなに早くレジ担当を命じられるなんてな）

数度の出勤を経て一通り業務のレクチャーを受けたのだが、まず最初に入るポジションとして店長代理の三島さんから命じられたのがこのレジ係だ。

三島さん曰く『一番気を回さないといけない場所だから楽な仕事じゃないけど……お客に対して全然物怖じしない君を別のとこに配置するのはもったいないもの』というのがこの采配の理由らしい。

注文を聞いてオーダーを伝え、ドリンクやフードを提供してレジで会計する――口に出せば複雑なことはないようだが、接客の最前線だけあって確かに臨機応変さを求められるポジションである。

「ええと、店員さん注文いいかしら？」

「はい、お伺いします！」

次に迎えた高齢の女性客は、こういう形式のカフェに慣れていないようでメニューを見ながらたどたどしく注文を口にする。

若年層向けの店ではあるが、『お洒落な空間で本が読めてゆったりできる』というコンセプトは主婦や高齢者にも人気があり、特に昼間の客層は年齢が高めになる傾向がある。

「その、前に娘が飲んでいて美味しそうだと思ったものを頼みたいんだけど……コーヒーで白いものが載っているやつなのは覚えているんだけど、メニューの写真を見ても似たようなものが多くてどれだったのかわからないのよねぇ……」

ふむ……これはちょっと判別が難しい。

コーヒーに白いものが載ったドリンクは、ラテ、キャラメルラテ、エスプレッソにクリームを載せたコンパナなど種類に富んでいる。

「なるほど、コーヒーにトッピングをしたドリンクですね！　お尋ねさせて頂きたいのですが、そちらのドリンクはアイスでしたでしょうか？　また、その白いものの上に何かチョコなどのソースがかかっておりましたでしょうか？」

「ええと、冷たかったわね。それに、上から見たら真っ白だったから何もかかっていなかったと思うわ」

ふむ、となると……ああ、よし。これならなんとか特定可能だ。

「ありがとうございます。であれば、お客様が希望されているのは、こちらのフォームドミルクラテだと思われます」

「ミルク……あ、そうそう！　そういえば牛乳の香りがしてたわ！　え、あなたどうしてわかったの？」

「はい、当店のコーヒー類でクリームやラテを『載せて』お出しするのはホットのみで、アイスでは混ぜた状態でお出ししております。ですが、泡立てたミルクを注ぐフォームドミルクだけは冷たいドリンクでもご提供しているのです」

つまり、『上から見て真っ白』と言える状態の『冷たいコーヒー』は、この一種類しか存在しないのだ。

「また、これにはキャラメルソースをトッピングするアレンジも可能ですが、上から見て真っ白だったということであれば、お子様が飲まれていたものはプレーンでしょうね」

「まあまあ、よくわかってくれたわねぇ！　もう、私ったらわかりにくいことを聞いちゃってごめんなさいねぇ！」

「いいえ、とんでもないです！　すぐにご用意いたしますね！」

俺はハッキリとした声で応対し、お客に安心を与える笑みを浮かべてみせる。

実際、こんなのはさほど大した難易度じゃない。

前世でたびたび俺の頭を悩ませた発注――例えば『アレだよアレ！　いつものアレだって言ってんだろ！』とかのノーヒント推理大会（十秒以内に突き止めないと客はキレだす）に比べれば実に易しい。

「……なんつうか、凄いなお前」

「へ……？」

高齢の女性客が俺に礼を言いつつドリンクを片手に去る姿を見送っていると、ふとレジ係の補助をしてくれている長身茶髪の先輩男性が話しかけてきた。

ブレスレットやペンダントなどのアクセサリーが多く、ややチャラい印象がある人で……名前は確か高鳥（たかとり）さんだったか。

「レジも注文取りも始めたばっかなんだろ？　それなのに全然焦らないどころかスマイルも受け答えもバッチリで、予想外のことにもよく対応してるし……初心者の補助に入っているはずなのに俺のすることが全然ないぞ」

「あ、いえ、確かにレジも飲食業も初めてですけど、前のバイトで接客は慣れているんですよ。全然大したことじゃないです」

「謙遜（けんそん）するなって。俺なんか友達がいなかった暗い高校生活を反省して大学デビューで髪染めてみたんだけどさ、イケイケな奴と勘違いされてレジに回された直後は大変だったぞ。

何度も舌噛みまくったし、知らないことを聞かれたら半泣きでパニックになってたしな」

「接客苦手だって最初に言っておきましょうよっ!?」

見た目に反して雰囲気が大人しいなと思ったら、俺と同じ陰キャ出身かい！

「任されたらどうも言い出せなくてな……まあ、そんな俺に比べてお前はすげえと言いたかったんだよ」

先輩は本気で感心してくれているようだが、俺としてはそう褒められても複雑である。

社会人生活を十二年もやってきたのだから、この程度の接客はできて当たり前だ。

高校生の見た目になって職歴を詐称しているようなものであり、自分を凄いなどとは欠片も思わない。

と、そんなことを考えていた時——

「ちょ……！　なんてことしてくれるのよ！」

「ご、ごご、ごめんなさい！　本当に申し訳ありません！」

普通でない声に反応して視線を向ければ、レジ係の一人である前髪をカチューシャで留めている女子高生バイトが、二十代後半ほどのOLさんに向かってひたすら頭を下げていた。

見れば、カウンターの上にはコーヒーとおぼしき黒い液体が少量こぼれており、プラスチックカップの縁から黒いしずくが垂れている。

そして、ＯＬさんのシャツの袖には小さいながらも一目でわかる黒染み。

これはおそらく……コーヒーを揺らすか倒すかして、お客様の袖に中身をかけてしまったのだろう。

「っ、お客様。申し訳ありません！　すぐにコーヒーは作り直しますので！」

俺より一つ年下の女子高生バイトが泣きそうな顔になっているのを見かねてか、高鳥先輩がカバーに入りつつ頭を下げる。

「そんなの当然でしょ！　お客のシャツを汚して一体どうしてくれるのよ！」

「そ、それは……その、クリーニング代はお渡しできますが……」

「はあ⁉　だからって今すぐ綺麗になる訳じゃないでしょ！　ああああああ、もぉおおおお！　どうして私ばっかりこんな……！　最悪、最悪、最っ悪……！　本当にもうなんなの⁉　あんた達、馬鹿みたいに謝ってないで何とかしてよっ！」

ＯＬさんはヒステリックに叫び、カチューシャが特徴的な女子高生バイトはただ萎縮し、高鳥先輩は対応に苦慮して冷や汗を流しまくっていた。

実際これは困る。

こちらがコーヒーをかけてしまったことが全面的に悪いのだが、このＯＬさんは謝罪やさらなる弁償などの要求を求めず、ただイライラが爆発したかのように叫んでいるので、どうにも落としどころが見つからない。

店長代理や正社員のスタッフが近くにいればそちらに任せるべき案件だが、現実として今は現場の人間のみで対応するしかない。

うぅむ……新人がでしゃばるのはさしでがましいが、ひとまずやってみるか……。

「お客様、よろしければこちらをお使いください」

「え……？」

手早く用意した品をトレイに載せてカウンターの上に提供すると、叫んでいたＯＬさんは一瞬困惑したような声を上げた。

「こちらは乾いたタオルです。まずこれで袖についたコーヒーの汚れを吸い取ってください。それから、次にこちらの洗剤を染みこませたタオルでシミを軽く叩くようにして汚れを押し出します。決してこすったりはしないでください」

身振り手振りを交えて、俺は真剣な面持ちでシミ抜きの応急処置法を説明する。

こんな時は怖々と言うのではなく、少し勢いをつけてハッキリと言った方が興奮した相手にも伝わりやすい。

「それでもシミが取れなかったら、お家に戻られてから改めて洗濯してください。時間が経つとシミが抜けにくくなりますが、本日中なら完全に落ちる可能性は高いと思います」

「え……えと……」

俺は真っ直ぐな面持ちで、ＯＬさんの顔を見据える。必要なのは謝意だけではなく、この人の残りの一日が少しでも心安らぐようにしたいという誠意と善意だ。そういうものは、意外と態度や表情から伝わるものである。

「それと、お詫びにもなりませんが、よろしければこちらの試食用のチョコバナナケーキをお召し上がりください。……本当に申し訳ありませんでした」

このお店では賞味期限が近いスイーツは一口大にカットして、お客が少ない時間帯などに試食として無料で振る舞うことになっている。そのタイミングはカウンター内スタッフの判断に任せられており、ある程度自由に提供できるのだ。

「……え、ええ……あ、ありがとう……」

俺のシミ抜きタオルセットと試食スイーツの提供に、ＯＬさんは反射的にお礼の言葉を口にする。そして、それによって熱狂から覚めたかのように一気に大人しくなった。

「………あ、その……ごめんなさい。こんな安物のシャツくらいであんなに叫んで……悪かったわ……」

「い、いえ、そんな……」

これまで怯(おび)えきっていたカチューシャ女子高生バイトが、ようやく死地から生還できたかのように緊張を解き、同時にＯＬさんの突然の態度の変化に驚いていた。

（まあ、どう見てもストレスでかなりキテる状態だったもんなこのＯＬさん。きっと普段はそんなに叫んだりする人じゃないんだろう）

そして――最終的にＯＬさんは言いすぎたと頭を下げつつ、代わりのコーヒーとクリーニング代、そして俺が提供したシミ抜きセットと試食スイーツを持って遠くの席へと去っていった。

ふう、これで一安心だが……。

「ふ、二人ともありがとうございます！　ごめんなさい、私のドジのせいで……」

「いや、俺は何もしてねえけど……何か知らんが助かったぜ新浜！　シミ抜きのやり方を知ってるとかお前めっちゃ家庭的だな！」

「いえまあ、シミ抜きは何度か経験があって……」

仕事に眠気覚ましのコーヒーは付きものだ。だがそれだけにコーヒーを零して自分のシャツにシミを作ったことは何度かあった。

そして、それがどれだけ小さな汚れだろうと、シミがついたシャツで上司に会おうものなら、社会人失格と激しく叱責されたのだ。……なお、その上司達はシミやタバコの匂いがついたシャツを着て平気で人と会っていたが……。

ともあれ、そんな経験から給湯室や街中でできるシミ抜きにはそれなりに詳しくなってしまったのである。

「……ん？　誰か走って……」

仲間内で安堵（あんど）を分かち合っていると、店の奥からバタバタと急いで走ってくる足音が聞こえてきた。

「お客様！　私店長代理の三島と申します！　こちらでお話を伺い……あれ？」

スーツ姿のメガネ女性――三島さんはその場に現れるなり、カウンターの周囲に視線を巡らせて困惑気味の声を上げた。

どうやら、カウンターで揉（も）めているのを他の店員が報告し、店の奥から急いで駆けつけてくれたらしい。……色々と大変だなぁこの人も。

「あ、あれ？　なんだか女性のお客様にコーヒーをかけちゃってかなり怒ってるって聞いたんだけど……」

「あ、はい……私のミスでそういう状況になったんですけど、新浜君がシミ抜き用のタオルを渡しながらちょっと喋（しゃべ）ったら怒りが抜けたみたいになって……」

「は？　えと、高鳥君、どういうこと？」

「いえ、それが俺にもよくわからないんですよ。なあ新浜、あの人クリーニング代を渡してもひたすら頭を下げてもキレてたのに、なんであんなにふっと落ち着いたんだ？」

「ええと……その、あくまで俺がそう思っているだけのことなんですけど」

二人の注目を浴びる気恥ずかしさを感じながら、俺は説明しなければならない流れを感じて口を開く。

「お店で怒鳴る人には色んなタイプがありますけど……あのＯＬさんは普段は人に怒鳴ったりしない常識のある人で、今日はたまたま精神的にキレていただけだと思ったんです」

つまり、怒りの大本はキャパオーバーだ。

自暴自棄気味の言動、化粧の乱れや微妙にセットが完全ではない髪、ややくたびれたスーツなどを見る限り、仕事や私生活でなんやかんやあって精神的に限界であり、そこにコーヒーをかけられるという災難があって色々爆発してしまったのだと思われる。

「だからただ謝るだけだと着地点がなくて、あのお姉さんも怒りの終わらせ方がわからないだろうと思いました。なので、まず爆発の発端だったシミを取る道具を渡して、怒りを薄めようとしたんです」

悪いのは完全にこちらだが、怒りの対象を正確に言えばウチの店ではなく日々のストレスなので謝罪の効果は薄いのだ。

「そうやって多少なりとも頭が冷えたところに心からしっかり謝れば、元々は常識的な人っぽいのでいけるかなと。あとは試食用スイーツっていうささやかな『お得』を渡せばトラブルに遭遇したムシャクシャも多少は晴れるかな、という程度の考えでした」

俺は過去の経験上、ああいう限界っぽい勤め人には少しでも快い気分で過ごして欲しいし、憩いの時間に迷惑をかけて申し訳ないと心から思う。そういう想いを感じ取ってくれたことが、あのお姉さんの頭を冷やす一助になったと信じたい。

「そ、そんなことを考えながら対応してたの……？」

「お前……なんつうか、凄い(すご)と気持ち悪いが同時に来る奴だな……」

俺が自分なりの解決方法を話すと、女子高生バイトと高鳥先輩は揃(そろ)って困惑気味の声を漏らした。……ちょっと傷つく。

なんか三島さんも頭に手を当ててすっごく複雑な顔になってるし……。

「いや、その、よくやってくれたと思うんだけど……君、なんでそんなにクレームに慣れきってるの？　前のバイト先とやらで何があったのか凄く気になるんだけど……」

感謝と困惑が入り交じった顔で見つめられてしまい、俺は心の中で『文字通り死ぬまで働いたら嫌でも慣れてしまったんですよ……』と自嘲(じちょう)気味に呟(つぶや)いた。

＊

「さて、店長室は……っと」

土曜日の昼からバイトに入っている俺は、書類の束を抱えてブックカフェの奥にあるオフィス区域の廊下を歩いていた。

ここは俺達バイトではなく正社員達が事務仕事をしたり書店部分のバックヤードとして使ったりしているスペースである。

そんな場所を俺が歩いているのは、先ほど正社員さん達から書類の束を預かったからだ。これを店長代理の三島さんの部屋に持っていくという、いかにもバイトらしい雑用を命じられたという訳である。

(でも、正社員の人達も色々と苦労してそうな雰囲気だったな……やっぱり売上げが下がっているのが新事業のスタッフとして心苦しいんだろうな)

ただでさえこの店は本屋がカフェ業に手を出すというテスト店である上に、どうやらカフェ業のコンサルタントも兼ねて外部から呼んだ店長が長期入院するという不運に見舞われたらしい。

さらにバイトの大量離職という泣きっ面に蜂な事態により、企画力・サービス力の低下が発生してこの店の売上げは以前よりも落ちた。

それをなんとかしようと頑張っているようだが、今のところ現状維持よりちょっとマイナスを保つのが精一杯らしい。それらの問題に取り組む店長代理の三島さんの負担は相当なものだろう。

「失礼します。バイトの新浜ですけど……三島さん？」

ノックしても返事がないことを妙に思ったが、キーボードを叩く音はしっかり聞こえていたので、やや躊躇(ためら)いながらも俺はゆっくりとドアを開けて入室する。

そしてそこには、やはり机に向かってひたすらタイピングしている店長代理の姿があるのだが――

（うわぁ……）

一見地味だが普通に着飾れば街で周囲の男性の視線を集めそうなメガネ美人は……まるで死んだ魚のような目になっていた。

くたびれた服や、セットが完全ではない髪などがここ最近の忙しさを物語っており、注意力が散漫になっているのかすぐそばに立っている俺にも気付いている様子がない。

「あの……三島さ……」

「ビール……」

「へ？」

　虚空に向かって前触れもなしに呟かれた単語に、俺は目を瞬かせてしまう。

「ハイボール……梅チューハイ……ブリカマ焼き……モツ煮……エビマヨ……アン肝……うふふ……タコのアヒージョはオイルまで飲んじゃう……」

（お、おおう……渇望が口から漏れてしまっていらっしゃる……）

　疲労感マシマシの顔で微かにニヤリと口の端を上げて呟く様は、不気味ながらも大人経験者としてはなんとも痛ましい。

　お酒もゆっくり飲めてないいんだろうなぁ……。

「うへへ……アサリのバター焼きは冷酒でキュッとしてぇ……塩サラミでウイスキーのロックをガッポガッポ……シメに豚ヤサイラーメンのアブラマシマシニンニクメガトン増しで——へ？」

　薄笑いを浮かべながらわかりやすい欲望を唱えていた三島さんだったが、その虚ろだった瞳（ひとみ）が俺を視界に収めたままピタリと止まった。

　どうやらようやく俺の存在を認識してくれたようだ。

「ちょっ⁉　え、あ、に、新浜君⁉　い、いいいいい、いつからそこに⁉」

「いや、ついさっきからですが……」

気の毒なほどに慌てふためく上司に、俺は申し訳ない気持ちで言葉を返した。

　そこまで狼狽しなくても……。

「い、今の聞いてた？　私の心がオアシスを求める呟きを全部聞いちゃってたの⁉」

「その……まあ、はい」

「いやあああああああああああああっ⁉」

　メガネの上司はカップ焼きソバを流しにぶちまけた時のように悲痛な叫びを上げ、顔を手で覆った。俺としてはさほど恥ずかしいことではないと思うが……どうやらこの人は思ったより女性らしい恥じらいがある人なのかもしれない。

「う、うう……最悪……これで明日にはバイト達の間で『あのアラサー店長ってば不気味に笑いながら延々と酒と塩っ辛いツマミのメニューをブツブツ言ってたらしいぜ？　アル中のおっさんかよギャハハ！』って噂が回っちゃう……！」

「んな噂流しませんって⁉　というかこれまでいたバイト達はどんだけ心ない奴らだったんですか⁉」

　疲労でちょっとテンションがおかしくなっているのか、さっきから三島さんの情緒がちょっと不安定である。

　一応職場の方針もあり残業は常識的な範囲で収まっているらしいが……それでも年若い

身で店長代理をやる心労はどうしても蓄積してしまうのだろう。

「だ、だって高校生って何でもネタにしてアホみたいに盛り上がったりするじゃない！　しばらく前にも友達にウケるためとか言ってコーヒー豆の入った袋の上に寝そべって写メ撮ってた子とかいたし！」

「俺にそんなアホなノリはありませんって！　あと、今後その馬鹿と同じようなことをやる奴がいたら即クビにした方がいいですよ⁉　これはもう本当にマジで！」

今がガラケー時代で良かった……。これがスマホ時代だったら写真をＳＮＳに投稿されて大炎上になり、この店はガチで閉店になっていたかもしれない。

「そもそも、好きなものに救いを求めるのは全然恥ずかしいことじゃないですよ」

俺は純粋に労りの気持ちだけをこめてゆっくりと言った。

「辛い仕事の中にいる時こそ、身近にある生きる意味……温泉に浸かって一杯とか、ポテチをかじりながらの動画三昧とかを強く意識して、心に希望っていうガソリンを与えるのが何より重要なんですから。それさえ頭に浮かんでこなくなったら、もうそれは人として壊れかけている証拠です」

「いやその……言ってることはわかるんだけど、君ってなんでそう影のある表情で毎回謎の重苦しい説得力を醸し出すの……？」

疲れた社会人を労りたい気持ちが溢れて、つい高校生らしくない物言いをしてしまった俺に三島さんが困惑顔でツッコんだ。

答えとしては『貴女より年上だった時期があるからですよハハハ』なのだが、当然ながらそんなことを口にできるはずもない。

「ふぅ……まあ、確かにちょっと慌てすぎたわね。また店長代理としての威厳が下がっちゃうかと思ってあたふたしちゃったわ」

ようやく普段の調子に落ち着いた三島さんは、俺が持ってきた書類を受け取ると「はい、恥ずかしいとこを見せたお詫びよ」と部屋に設置してある冷蔵庫から缶ジュースを取り出して俺に手渡した。

そして、三島さん自身も事務椅子に深くもたれながら缶コーヒーのプルタブを開けていた。どうやら自らの疲労を自覚したようで、少し休憩するらしい。

「ありがとうございます。その、俺みたいなバイトが心配するのはおこがましいかもしれませんが……三島さんちょっと疲れすぎじゃないですか？」

過労死という人生の意味を考えざるをえない死に方をした身としては、何だかんだで真面目な彼女をつい心配してしまう。

「ま、大丈夫よ。考えることが多いのが辛いけど、休みは普通に取ってるしね。最近は君っていうやたらと何でもこなせる子も入ったし……。どう？　もう勤務して一週間経つけど、この職場の感想は？」

「この店の感想……ですか」

そう問われたら、自然と心に浮かんでくる言葉がある。

「一言で言うなら……光ですね」

「は？　ひか……？」

俺の素直な感想がよほど意味不明だったのか、三島さんは目を丸くした。

だが俺の想いをこれ以上的確に表す言葉はない。

「まず物理的に明るいんです。日光が店の外から燦々と入ってきて、薄暗い陰気な感じがまるでない。しかも店内には本やコーヒーを楽しむ穏やかで優しい雰囲気……なんというか人間の善な感じが満ちています」

この職場には醜悪な闇を殆ど感じない。

叱責にもちゃんとした理由があり、人間としての常識と品性が大事にされている。正社員の人もバイトを使い潰す前提の消耗品として扱わないし、人格への尊重が存在する。

知性のない怒鳴り声も、悪意に満ちた人格否定も、陰湿な陰口も、今のところ俺は耳にしていない。

客の笑顔と、店員の奮闘と助け合い、コーヒーとスイーツの落ち着く香り――

前世の職場が闇ならこのブックカフェは光、あそこを生ゴミの掃きだめとすればここは春風のそよぐ花畑だ。

「正社員のスタッフさん達もバイトも……とにかくまともなんです。普通のことを聞けば常識的に答えてくれますし、その日の気分でキレたり、息をするように他人を貶めたりしません。こんな環境もあるんだなって……もう、俺は……本当に嬉しくて……うぅ……」

「え⁉ な、ななななんで泣いているの⁉ ちょ、勘弁してよ！ まるで私が泣かせたみたいじゃない⁉」

焦がれ続けたホワイトな職場が本当に実在したという感動に、俺はつい目頭が熱くなってしまった。

前世のあの職場で涙なんて流そうものなら、あのクソ上司達は揃って激昂した。彼らの中では涙というものは根性無しが流すものであり、甘ったれで怠惰で、仕事を舐めている証拠だと言うのだ。

それに比べて目の前の店長代理は、こうしてバイトの涙程度を心配して慌てふためいてくれている。これだけでも、今自分がいかに恵まれた環境に身を置いているのかわかろうというものだ。

「いや、すみません。まあともかく、この職場は忙しくはありますが、ホワイトな部分が素晴らしいと言いたかったんです。前の勤め先では『どこに行ったってウチより優しい職場なんてねぇぞ！』とか言われましたけど、やっぱり真っ赤なウソだったなと」

「そ、そう……なんか比較対象が酷すぎてあんまりウチが褒められた気がしないけど……」

「はは、まあ確かに前の職場と比べたらどの会社も——」

「新浜ー！　お前どこいるんだ⁉　レジがエラー起こしてどうすりゃいいのかわからんから戻ってきてくれー！」

　答えかけたとき、店舗の方から同じシフトの先輩がヘルプを求める声が耳に届いた。

　ふと時計を見ればもう十二時過ぎでありカフェにお客さんが増える時間帯である。

　この部屋に留まっていた時間は十分くらいだが、そろそろ戻らないとまずそうだ。

「現場でもうすっかり頼りにされてるわね……適当に手を抜いて君こそ潰れないように気をつけなさいよ？」

「はは、まあ気をつけますよ。それじゃ失礼します！」

　三島さんに会釈し、俺はカフェの現場へ戻るべく店長室から早足で立ち去った。

　誰かに呼び出されても恐怖で胃がきゅっとしない——ただその一点だけとってもこの職場は素晴らしいと俺は切に感じていた。

＊

「おお、レジ直った！　サンキューな新浜！」

「いやまあ、エラーコードを見て取説通りに対処しただけです」

思ったより簡単な案件だったトラブルを解決すると、レジカウンター内で長身茶髪の先輩——高鳥さんが大袈裟に礼を述べた。

「いや、忙しいこの時間にいきなりレジが止まってパニックになっちまってな……取説を見るっていう当たり前のことを思いつかなかったわ」

「わかります。自分のキャパがいっぱいいっぱいの時にどうしたらいいかわからないトラブルがあると頭が真っ白になりますよね」

「お客に急かされるとどうしてもなあ……っと、無駄話してる場合じゃなかったわ！　悪いけどこの三色マカロンパフェを五番テーブルに頼む！」

「はい、わかりました！」

このカフェは基本的にフードもドリンクもカウンターで渡す方式だが、調理に時間がかかるものについては配膳の必要がある。

カウンター奥のキッチンで作られた三個のパフェはすでにトレイへ載せられており、俺はそれを手に該当のテーブルへと向かう。

（ふう、なんだかんだ言ってこのバイトも大分慣れてきたな。いい人ばかりで本当に良かった……）

前世の死因である職場という場所に対して少なからず忌避感があったが、それでもこうもスムーズに馴染（なじ）めているのはホワイトな意識を持つ店長代理やスタッフ達のおかげに他ならない。

（かなりよくしてもらっているし、三島さんの頭を悩ませているこの店の売上げ低下とかも何とかしてあげたいけど……まあ俺一人でどうにかなる話でもないわな）

俺は単なる元社畜であり、普通の高校生バイトよりちょっとマシに仕事ができる程度の存在だ。だから大それたことは何もできないが……せめて、自分にできる範囲でこの店の助けになっていこうと、そう思えた。

まあ、ともかく今は目の前の仕事を片付けよう。

「お待たせしました！　こちら三色マカロンパフェ三つになりま――へ？」

「あ、はい！　ありがとうございま――え？」

俺がとびっきりの店員スマイルでパフェを運んだ先のテーブルには、とても見慣れた少女がいた。

大和撫子な黒髪美少女で、最近ようやくお互いの名前を呼び合う関係にまで到達した俺にとって世界で一番大切な女の子が。

「は、春華!? ど、どうしてここに!?」

知り合いとの予期せぬ遭遇に、俺は上ずった声を上げてしまった。

三章　社長令嬢の決意

【時は少し遡り――心一郎と春華が遭遇する少し前】

私こと紫条院春華は、もうすっかり馴染んだ友達である美月さん及び舞さんととあるカフェでテーブルを囲んでいた。

学業から解放されたこの土曜日のお昼はとても天気に恵まれており、お店のガラス窓から差し込む日差しがとてもキラキラしている。

加えてこの店内の喧噪に満たされつつも落ち着いた雰囲気がとても心地よく、今私はとても心が躍っていた。

「それでは！　第四回女子高生らしいことをしようの会を始めまーす！」

「はい！　今回もとっても楽しみにしていました！」

いつも元気な舞さんの宣言に、私は嬉しさを抑えきれない笑顔でパチパチと拍手した。

夏休みから始まったこの女の子同士のお茶会も、もう四回目だ。

その趣旨は一応『美味しいものを食べながらお茶して女子高生を満喫しよう』ということなのだけど、私の悩み相談に終始してしまった第一回から、割と雑談で終わってしまう傾向にある。

（でもそれがいいんです！　この何でもないお友達とのお喋りこそがずっとずっと私が欲しかったものなんですから！）

「あのさぁ春華……喜んでくれるのは嬉しいんだけど、毎度毎度涙ぐまなくてもいいんじゃない？」

「す、すみません。いつも嬉しくてつい……」

舞さんが困ったように言い、私はちょっぴり頬を染めた。

ついついはしゃぎすぎてしまっていることは自覚しているけれど、長らく友達がいなかった私にこの喜びは抑えがたい。

「ふう、まったく舞も春華も元気で結構ですね。私なんて夏休みが終わってダルすぎなんですけど。二学期になって進路指導の時間も増えましたし……」

今日もメガネが似合っている美月さんが愚痴るように言う。

彼女が言っているのは、二年生の二学期から始まる進路決定のための授業のことだった。

高校卒業後を睨んで、三年生までにある程度の道筋を立てておこうという下準備なのだけど――

「あー、あれ本当に面倒だよね！　いきなり進路希望調査とか言われても、将来何になりたいかなんてわかる訳ないじゃん！　こっちはまだまだ中学生の延長くらいの気持ちだし、社会に出るとか言われても実感湧かないって！」

頭を抱えて叫ぶ舞さんに、私も美月さんも思わずウンウンと頷いた。

本当にそれは同感で、大学進学程度は皆ぼんやりと考えているかもしれないけど、社会人になった自分が行くべき道なんてとても遠く感じてしまう。

「その、実は私も悩んでます……。一応進学希望なんですけど、将来なりたい職業もなく、仕事がどういうものかも知らずに大学を選んじゃっていいのかと……」

以前は将来就く仕事に特にこだわりはなく、どこであろうと縁があった職場で頑張ればいいくらいの気持ちでいた。

けど、心一郎君が『そんな考えだとブラック企業一直線だよっ!!』と血相を変えて警告してくれたので、今はしっかりと考えて就職先を選ぼうと思っている。

だけど、まだ子どもにすぎない私は仕事も世の中の仕組みもわからず、将来を決める経験値が足りないことを痛感させられる。

「だからこそ将来に向けて活動するべきかなと考えてるんです。色んな職業を調べたり、職業体験イベントに行ったりとか……」

「ま、真面目だぁ……春華ってば凄くちゃんと考えてるんだね……」

「あはは、あくまでぼんやり考えてるレベルですよ。し……新浜君のあの練りに練られた将来設計には及びもつかないです」

　うっかり『心一郎君』と呼んでしまいそうになりながら、私は何故か将来設計に対して並々ならぬ気合いを見せる彼のことを思い浮かべる。

　どういう訳か、心一郎君は以前から社会に出ることをとてつもなく重く考えており、あのお父様でさえ彼の就職を見据えた綿密な計画に驚いたらしい。

「ああ、新浜君はなんかトラウマでもあるのかってレベルで将来に備えていますよね。と、そういえば……彼ってば最近何をしてるんです？　何だかやたらと忙しそうですけど」

「あー、そうそう！　なんかここんとこ妙に急いで帰ることが多いよね？」

　美月さんと舞さんが言う通り、心一郎君は最近妙に忙しそうだった。

　よく自分の手帳を取り出して予定を確認しているし、放課後はダッシュで帰る時もある。

「ええ、どうもしばらくやることあるみたいで、携帯を見れない時間帯が増えるからメールの返信が遅れることを先日謝られたばかりなんですけど……」

もちろん人には個々の事情があるのだから、気にしなくていいと私は伝えた。

ただ、具体的にどういう事情で忙しいのかは聞いていない。

「ほほう、春華にも言ってないとは実に怪しいですね。ふふ、春華は新浜君が何をしているかとっても気になるんじゃないですか？」

「それは……」

イタズラっぽい表情で美月さんが尋ねてくるけど、実際その通りだった。

心一郎君が放課後に何をしているかなんてあくまでプライベートなことを、気になってしまっている自分がいる。

けれど——

「確かに気にならないと言ったら嘘になります。けど……でもきっと後で教えてくれるでしょうから」

心一郎君に『最近何かしているんですか？』と尋ねたら、彼は少し慌てながらももう少しだけ内緒にしておきたいと言っていた。

その照れくさそうな表情を見るに、何か困ったトラブルが発生している訳でもないようだし、きっと少しだけ秘密にしたいことがあるだけなのだと思う。

「だから、新浜君が秘密にしておきたいのならそれを尊重したいんです。今、きっと何かを頑張っているんでしょうから、それを応援してあげたいですし」

素直な気持ちを口にして、私は自然と微笑みを浮かべていた。

以前の私なら、心一郎君が何かを秘密にしていると凄く不安になっていたかもしれないけれど、今は心の底からはっきりとそう言える。

「「…………」」

「？　どうしたんですかお二人とも？　なんだか顔がちょっと赤いですけど……」

「あ、いえ……その、まるで正妻のような落ち着きぶりと余裕に、ちょっとこっちが赤くなってしまったといいますか……」

「なんだか全面的な信頼を見せられて、パフェが来る前にお腹いっぱいっていうか……まあ、いつかみたいに春華が不安になるより百倍いいんだけどさあ」

「セイサイ⁇」

私は言葉の意味がわからずに疑問符を浮かべ、友達二人は顔の火照りを冷まそうとするかのようにアイスティーのストローに口をつけてゴクゴク飲んでいた。

そんなに変なことを言ったつもりもないんですけど……。

「ふぅ、やっと顔の火照りが落ち着きました。それにしても……もしかして春華ってば新浜君と何かありました？　なんかこう、以前よりもさらに距離が近い気がするんですが」

「え……!?」

美月さんの質問に、つい私は過剰に反応してしまった。そんな私を見て、舞さんも猛烈な勢いで参加してくる。

「そうそう、その話をしたかったよ！　海から帰ってきた翌日に新浜君のことを避けていたかと思えば、いつの間にかまた一段と仲良くなってるじゃん！　私達が知らない何かがあったんでしょ!?」

「ええと、それは……」

私は答えに窮してしまった。

関係の変化があったかと問われれば、確かにあった。

何せ私達は、下の名前を呼び合うようになったのだから。

このことについて、私は心一郎君との友達関係がステップアップできたと思えて嬉しかったのだけど……それを学校で口にすると、何故か周囲の生徒達が一瞬で目の色を変えて私と心一郎君に注目するということが証明されてしまったのだ。

だから、学校でも人目のあるところでは以前の通り『新浜君』と『紫条院さん』で呼び合うと決めているのだけど……。

(このお二人くらいには教えていいんでしょうか……？　そもそも友達同士が名前で呼び

合っているだけで、どうして誰もがあんなにも雷に打たれたような顔になってしまうんでしょう。本当に私ったら人間関係の経験値が足りません……）

心一郎君に口止めされているし、友達だからといって簡単に教えてしまうのはマズいかもしれないという考えが頭をよぎる。

どう答えたものかと答えに窮していると――

注文したスイーツが載ったトレイを手に、店員さんが私達のテーブルへとやってきた。

「お待たせしました！　こちら三色マカロンパフェ三つになりま――へ？」

「あ、はい！　ありがとうございま――え？」

同年代の男性店員さんの声に振り向き、私は驚きで言葉を途切れさせてしまった。

情報だけを見れば、その光景に不思議なところはなかった。このカフェの制服を身につけた店員さんが、私達が注文したマカロンパフェを持ってきてくれただけだった。

ただ一点、その店員さんがよく知っている男の子だという点を除いては。

この数ヶ月にわたって、学校で最も言葉を交わした人。

以前とは違って何だかとても精悍な顔つきになっていて、瞳に強い意志が宿ったとても尊敬できる男の子。

いつも私の容姿を褒めてくれるけど、彼の方こそ親しみやすくて可愛い顔をしており、柴犬みたいだと実は密かに思っている。

「は、春華⁉　ど、どうしてここに⁉」

「し、心一郎君⁉　その格好は……⁉」

お互いの存在に、思わず私達の口から驚愕の声が漏れてしまい――

「はほう……『春華』ですか」

「へぇえ……『心一郎君』かぁ」

硬直してしまった私達へ、美月さんと舞さんはニンマリとした笑みを浮かべていた。

＊

偶然遭遇してしまった春華を前に、俺は硬直してしまっていた。

いや、もちろんここは誰もが入れるカフェな訳であり、別に春華が来店しても何もおかしくはない。思わず『どうしてここに⁉』とか言ってしまったが、春華としてはお茶をしにきたからとしか言いようがないだろう。

だがそれにしても……ピンポイントで遭遇するとか偶然にしても出来すぎだと声を大にして言いたい。

（お、落ち着け……俺のバイトがバレてしまったのは予想外だが、まあ秘密にしておきたかった理由なんて本当にごく小さなことだし問題ない）

もうこうなっては仕方がない。バイトの目的はともかく、最近の俺が放課後にバタバタしていた理由は話すしかないだろう。

「ええと……大きな声を出して悪かったな春華。そっちも驚かせちゃったみたいだけど、見ての通りこのブックカフェでバイトをしているんだ」

「そ、そうだったんですか？　あ、えと。それは確かに驚きの話なんですけど、あの、その、名前……」

「別に話しておいても良かったんだけど……うん？　どうした……って、風見原さんと筆橋さん!?　ふ、二人もいたのか!?」

春華と遭遇してしまった衝撃で意識の及ぶ範囲が狭まっていたのか、春華と同じテーブルには風見原と筆橋も着席していたことに俺はようやく気付く。

しかも何故か……二人とも妙にニヤニヤしてないか？

「ええ、そりゃいましたとも。春華の存在が大きすぎて我々がそこにいることすら気付かないなんて、友達としてガッカリです」

「そもそもさぁ、新浜君が運んできたパフェって三人分でしょ？　まさか春華が一人で食べるとでも思ってたの？」

　二人の存在に気付かなかったのは我ながらどう糾弾されても仕方ないくらい酷いが……二人は自分達がスルーされたことに文句を言いつつも、口元はさっきから邪悪な感じで緩みっぱなしだ。

　こ、これは……妹がよく浮かべている俺をオモチャとして扱う時の笑み!?

「さて、新浜君がここそこバイトしていた理由はよくわかりませんが、そんなことどうでもいいほどの爆弾をどうもです。で、いつから名前呼びになったんです？」

「あーもー！　言ってよそういうことは！　私達にまで黙ってるなんて水くさいじゃん！　というかもう一回名前呼びを実演してよ！　さあさあさあ！」

（え……!?　あ、そ、そうか！　さっきうっかり春華の名前を……！）

　言い訳もできない超うっかりミスだった。

　お互いの名前呼びは学校の奴らの前では控えておこうと提案したのは俺自身なのに、春華との予期せぬ遭遇につい名前で呼んでしまったよチクショウ！

　これは……どうしよう？　春華はどうすればいいかわからずに、困った子どもが親に縋るような目でこっちを見てるし……。

（まあ、仕方ないか……元々この二人と銀次くらいには言っても問題なかっただろうしな）

俺は春華に視線を向け、軽く首を縦に振る。それは『この二人には白状するけどいいよな？』という無言のメッセージだったが、春華はその意を汲んで頷き返してくれた。

「あー……まあその、実は海から帰ってきた後、そういうことになったんだ。黙っていたのは悪かったけど、学校でうっかり名前を呼ぶと大変なことになっちゃうからな」

「お……おおおおおおおおおおおお！　ついにイくとこイっちゃいましたか！　これはもうパーティーとかするべきではっ⁉」

「いやほっおおおおおおおおお！　おめでたすぎるじゃん！　いやぁ、本当に良かったよー！　新浜君の念願が叶ったんだね！」

名前呼びを始めたことをやんわりと伝えると、風見原と筆橋はめっちゃキラキラした瞳で熱烈な反応を返してきた。

……うちの妹と全く同じ反応すぎて、事実誤認しているのが容易に想像がつく。

「も、もう、大袈裟ですよ。お二人ともそうしているように、心一郎君にも友達として名前呼びを許してもらっただけですし」

「……ん？」「……へ？」

やや恥ずかしそうな表情を浮かべる春華がやんわりと紡いだ言葉に、風見原と筆橋はブチ上げだったテンションをトーンダウンさせて訝しげな顔になる。

「あの……新浜君？　どういうことなんですこれ？　まさか実はまだゴールしてないとか言いませんよね？」

「ないとは思うけど……もしかしてフレンドのまま据え置きだったり……？」

さっきまでとは一転して痛ましそうな目で俺に視線を送る二人に、俺は無言で首を横に振って両手の人差し指を交差させて×マークを作る。

そうなんだ……名前呼びに到達したのは快挙なんだが、まだ春華は『お友達』から前に進んでいないんだ……。

二人が呆れ果てた顔で『ウッソだろお前』みたいな視線を向けてくるが、それを俺は沈痛な表情で受け止める。

そして、当の春華は俺達の隠語めいたやりとりの意味がわからないようで、「？」と不思議そうに友達三人を眺めていた。

（まあ、香奈子もそうだったけど、普通は誰しも名前呼び始めたら付き合いだしたと思うよな……っと、いかん。三島さんがホールに出てきたか）

さっきまで事務仕事に追われていたはずの店長代理は、やや疲れた顔でホールを見渡していた。

なんでも以前に大学生や高校生バイトでサボりがちだった奴が何人もいたらしく、たまに顔を出して目に余るスタッフがいないかチェックする習慣がついてしまったらしい。

ううむ、これ以上友達と話しているのはマズいな……。

「すまん、ちょっと上司が見てるから真面目な店員に戻るな。――お待たせしましたお客様。本日はご来店ありがとうございます」

「え……」

背筋をピシッと伸ばして、俺は和やかな営業スマイルを浮かべる。

お客様が話しかけやすいフランクさを保ちつつ、決して大袈裟ではない最適な形の笑みのまま、テーブル上のトレイに載ったままだったパフェをクラスメイトの少女達へと供していく。

お客様の手と提供物が接触しないように、少女達から見て左側からスイーツを置くという基本ももちろん忘れない。

「こちら期間限定の三色マカロンパフェとなります。それぞれ、抹茶、チョコ、ストロベリー味となっており、それに合わせてアイスクリームの部分もマカロンと同じ三種のフレーバーです。グラスはよく冷やしてありますので、ゆっくりとお召し上がりください」

高級レストランでそうするように、スイーツの付加価値を高めるために軽い説明を加える。なお、別にこれは俺が勝手にやっている訳ではなく、季節限定メニューを提供する時のテンプレ口上である。

「では、失礼しま……と、三島さんは戻っていったか」

店長代理の目はなくなったが、これ以上友達とダべっているのも職務上あまりよろしくないだろう。なので俺はそのまま引き上げようとしたのだが――

「す、凄いです……！　今の心一郎君、まるで本物の店員さんみたいでしたよ！」

「いや、本当に店員だからなっ⁉」

本気で感心しているらしき春華の褒め言葉に、俺はつい反射的にツッコミを入れてしまった。

「いやー、でも同級生が急に大人になったみたいでちょっとびっくりしたよ！　なんかこう、バイト始めたばかりの初々しさとかが全然なくて、ベテランっぽい！」

「五年くらい勤めているみたいにカフェ店員が板についてましたねー。というか、なんか新浜君って大人びすぎたところがあるので、高校生やっているより働いている姿の方が違和感が少ないというか」

「風見原さんと筆橋さんはそれ褒めてるのか……？」

思いつくままに言葉を並べる少女達に、俺は呻くように言葉を返した。やっぱり俺って高校生らしいフレッシュさは全然ないんだなとちょっと自嘲してしまう。

「その、心一郎君……！」

「お、おう？　どうした？」

声に反応して振り返ると、春華がちょっと興奮した様子で熱烈な視線を俺に送っていた。

何だか、とても感心してるっぽい。

「まさかアルバイトしていたなんて思いませんでしたけど、心一郎君のお仕事している姿は凄く堂々としていて、とってもカッコ良いと思います！」

「ぶ……！」

おそらく春華は労働に従事している俺を純粋に褒めてくれたのだろうが、周囲から見ると彼女が彼氏のバイト先を覗きに来て、のぼせ上がっているかのような台詞だった。

しかもそんな台詞を口にしているのが不世出級の美少女ということで、周囲のお客達の視線まで集めてしまっており、嬉しさと恥ずかしさで俺の頬が朱に染まる。

「あ、ありがとう……すまん、そろそろ本当にサボりになってしまうから俺は仕事に戻るぞ。この店は若手バイトの手が足らないらしくて、その辺ちょっと上司も厳しいんだ」

「はい！　それじゃ、お仕事頑張ってくださいね心一郎君！」

「あ、ああ。春華もゆっくりしていってくれ」

俺達がまたも名前で呼び合っている様を見たせいか、風見原と筆橋はまたしてもニヤニヤ顔になる。

「ふふ、聞きましたか？　もう開き直って公衆の面前で名前呼びですよ。なんかもうこっちがむず痒いんですが」

「はたから見たらもう完全にバカップルなのに、実態はそうじゃないんだからなんかもう詐欺だよねー」

好き勝手なことを言う二人の邪悪な笑みについて物申したいことはあったが、これ以上仕事を中断する訳にもいかず、俺は足早にその場を離れた。

うぐ……やっぱりバイト先に知り合いが来るとどうにも恥ずかしい……。

＊

私こと紫条院春華は、働いている心一郎君の姿をぼんやりと眺めていた。

店員としてエプロン姿になっている彼は実に忙しそうだけれども、だからこそその活躍ぶりがわかりやすくて、つい目で追ってしまう。

「お待たせしました！　こちらのワッフルは熱くなっているのでお気をつけください！」

「レジ用紙ですか？　カウンターの右下にまとめて置いてありましたよ！」

「先輩、ちょっとこの場を頼みます！　どうも商品の取り違いがあったみたいで！」

心一郎君は職場でも頼りにされているようで、レジカウンターやホールで発生する様々な問題に対応しては次々と解決していく。

その様はとてもスマートで、部外者である私の視点でも多種多様なことに対してバリバリとこなしているように見える。

「凄いですね……」

思わず感嘆の言葉が口から漏れる。私の感想は、本当にその一言に尽きた。

（今までもとても大人っぽいと思っていましたけど……心一郎君はもう本当に『大人』をこなすことができるんですね……）

大学生や大人の店員さん達に交じっても、心一郎君の立ち振る舞いは何ら拙さを感じさせない堂々としたものだった。

その様は……将来のビジョンを決めきれずに自分の『子ども』を強く感じている私には、殊更に眩しく映る。

「あのー……春華？　いくらなんでもガン見しすぎでは？」

美月さんの声に、私はふと我に返る。

心一郎君だってクラスメイトに見られ続けたらやり辛いだろうに、ついつい無遠慮に見

入ってしまっていた。

「す、すみません。つい……」

「もう、新浜君が気になるのもわかるけど、私達のことも忘れないでよ春華ー。もうさっきから十分近くも飽きずに眺めてたよ？」

「そ、そんなにじっと見てましたか私⁉」

「ふふ、そりゃもう。まさに熱視線って感じでしたね」

ふと気付けば、熱々だったコーヒーはすっかり冷めており、いつの間に食べたのかパフェは半分以上も減っている。まるで好きなライトノベルを読んでいる時のように、時間を忘れていたらしい。

そして、そんなお茶会に集中できていない私に対して、美月さんも舞さんも何故かニヤニヤとした表情で眺めており、「いやー、暑いですねぇ」「いやホント、夏がまだ終わってない感じだよねー」とエアコンが効いた店内で不思議なことを言っていた。

「ま、友達が働いている姿って確かに面白いから私達も見てましたけどね。新浜君も教室にいる時とは完全に別の顔になっていると言いますか」

「ええ、本当に……そうなんです」

私はぬるくなったコーヒーを一口啜って美月さんの言葉に頷いた。

店員をやっている心一郎君は、普段とは明らかに違う。

義務と責任が伴う場所で仕事をするその姿はとても懸命で、その表情には大人に任された信頼に対しての重みが感じられる。

先生や保護者から守られる教室にいる時と違うのはきっと当たり前で……だからこそ、その姿が新鮮に映る。

（直感ですけど……きっと心一郎君は、今すぐ社会に出てもやっていけるだけの力があるんでしょうね……）

自分達と変わらない学年のはずなのに、どうやってそんな素養を培ったのかと不思議にすら思ってしまう。

（とっても羨ましいです……。私みたいな家の人間こそ、実家のお金に甘えてしまわないように自立して、きちんと一人前の人間として生きていかないといけないのに）

実を言えば、あんな風にスマートに社会での仕事をこなしている心一郎君こそ自分の理想だった。

私もああなりたい。自分の力で学校の外の世界を泳いでいけるようになって、ちゃんとした大人への道を歩んでいきたい。

「それにしても新浜君えらく動き回ってますね……。高校生バイトなのにやたらと酷使されているというか」

「うん、なんかさっきからずーっとドタバタと色んなことしてるよね。まあ、人手不足なんじゃない？　なんかバイトしてる部活の友達から、飲食店っていつも人手が足りないって聞いたことあるし」

美月さんと舞さんのやりとりを聞いていると、私は店内の壁に貼り出された求人広告を見つけた。そこには『未経験者歓迎！　勤務時間応相談！　面接はいつでも受け付けています！』と何だかやや必死な印象の文面が躍っていた。

なるほど、やっぱりこの店は本当に人手不足らしい。

けど、これは――

「……いいかもしれませんっ！」

「へ？」「はい？」

「あ、いえ、実は今唐突に思いついたことがありまして――」

怪訝（けげん）な表情になっている美月さんと舞さんに、私はたった今決めたことの説明を始める。

思いついたそのアイデアはとても緊張するし、正直ちょっと怖いことだった。

けれど、『怖い』や『知らないしわからないから』で停滞するのが良くないことを、私はすでに心一郎君から教わっていた。

こんなにもあっさりと新しいことへのチャレンジを決めた自分に少々驚きつつも、私は得られるかもしれない未知の知見に少なからず期待を抱いていた。

＊

ブックカフェ楽日を預かる店長代理――私こと三島結子は今日も自分に与えられた責任に呻いていた。

「う～ん……最悪じゃないけどやっぱり売上げが上がらないわねぇ……」

店長室で帳簿とにらめっこしながら、お店の売上げにため息を吐く。

特に問題なのは、企画力と広報力だった。

最初は目新しくても、色んなお店は次々とできるものだしお客様は常に移り気だ。

だからこそ、定期的に新メニューやキャンペーンなどを打ち出してユーザーを飽きさせないのが当たり前なのだけど……。

（カフェ業のコンサルタントとして招いた店長が入院して、そういう企画が全部止まっちゃったもんねー……。私達出向組のスタッフだって書店会社の社員でしかないからカフェ業にはまだ未熟だし、マニュアルをなぞるだけで精一杯なのよね）

新しいコンサルタントを連れてくるなり大規模な宣伝を打つなり、千秋楽書店本社が本腰を入れてくれれば解決しそうなものだけど、あっちはあっちで専門外の商売に手を出すことに強硬に反対する勢力（主に高年齢層）に苦慮しているらしい。

（まあ私もいきなりカフェの店員をやれと言われた時にはビビったけど……愚直に書店業だけをやってればいいっていう『専業派』の意見はやっぱどうかと思うわ）

インターネットのサービスがどんどん加速していくこの時代、新しい書店の形態を定着させないと会社が傾くという社長の言葉に、若手は殆ど賛同している。だけど、いつの世も新しいことには反対が付きものだ。

（そういう意味でもこのお店の成功がひょっとしたら今後の我が社を左右するかも……ううう、やっぱり責任重大ね）

キリキリと痛む胃を抱えて、私は椅子にもたれかかった。

ああ、お酒が飲みたい。

牛すじ煮込みを熱燗でキメたい。ガーリックシュリンプをバリボリしてビールで流し込みたい。エビマヨとハイボールの組み合わせもよだれが出る。

けど、もうちょっとこの店がちゃんとしない限り、心から気持ち良くお酒を飲むこともできなさそうだ。

（あーあ、元手も手間もかからない集客力アップの方法とかないものかしら。例えばアイドル級の美少女に接客やってもらうとか……はは、そんなのギャラにいくらかかるのって話よね……）

ぼんやりと益体もないことを考えていた私は、机の上の電話が鳴る音に意識を現実に戻され、緩慢な動きで受話器を手に取った。

『あ、三島さん。予定していた面接の女の子が来たのでそっち通しますね』

「え……？　あ！」

その連絡を聞き、私の顔から血の気が引いた。

（そ、そうよ！　昨日事務から面接の予定が一名入ったって連絡があったじゃない！　仕事が山積みすぎてすっかり忘れていたわ！）

焦りに焦りながら渡されていたはずの履歴書を急いで探してみるけど、書類が雑多に積み上がっている私の机のどこに行ったのか、全然見つからない。

（さ、最悪！　いくらなんでも相手の子に失礼すぎるでしょ！　入社何年目よ私ぃぃぃ！）

胸中で叫びながらなおも履歴書を探すけど、一向に見つからない。

そしてとうとうタイムアップのようで、トントンと店長室のドアがノックされた。

（あぁぁぁ……！　も、もう仕方ないわ！　履歴書を探し出すまで待っていてなんて言えないし、とりあえず面接しなきゃ！）

申し訳ない気持ちでいっぱいになりながら、私は「ど、どうぞお入りください」と部屋の外にいる人物に入室を促す。

そして――その子は入ってきた。

「――――」

私は思わず言葉を失った。

その制服姿の女子高生は、ドアを開けると恭しく私に一礼した。

その当たり前の動作に、同性である私が完全に目を奪われていた。

「ほ、本日は面接に時間を割いて頂きありがとうございます！　私は――」

先日のまるで子どもっぽくなかった新浜君とは違い、その少女は緊張した面持ちで挨拶する。だけど、私の耳にはその内容の半分も入ってこなかった。

その女子高生があまりにも美しすぎて、頭があまり働かない。

絹糸のようにサラサラとした長く美しい髪。

その辺のアイドルなんて歯牙にもかけないほどの輝く美貌。

大和撫子という言葉が浮かぶしなやかで細い腰に、胸に実ったあまりに豊満な果実。

私の人生の中でも最高級の美少女との邂逅に、意識に空白が生じていた。

「と、という訳で、私もその、こちらで働いてみたいと――」

「……採用」

「えっ!?」

面接官である私の第一声に、美少女は驚きの声を上げる。

確かにその反応は当たり前だろうけど、こっちはこんなにも素晴らしい人材が転がり込んできた幸運に、かなり興奮していた。

「採用に決まってるでしょこんなのっ!!　いやー、よく来てくれたわ貴女（あなた）！　全力で歓迎するから早速シフト組もっか！　ね！」

「ええええええっ!?」

ますます困惑する少女に構わず、私は逸材を囲みにかかった。こんなに超絶級の美少女がホイホイと面接に来て、逃がす店長なんている訳がないのである。

四章 よろしくお願いします新浜先輩！

「おおぉぉ！　美味しいよ兄貴！　やるじゃん！」

「ええ、美味しいわ。あんたがこんなものまで作るなんてねぇ……」

静かな夜に、新浜家のリビングで香奈子と母さんは賞賛の声を上げてくれた。

二人が賞味しているのは、夕食後のデザートである苺パフェだ。

作ったのは、何を隠そう俺である。

「いや、バイト先でキッチンもたまに入ってんだけど、意外とパフェって簡単だからちょっと作ってみようかと思って」

実際、この苺パフェは簡単だ。

生クリームさえ作れば、後はカットした苺、コーンフレーク、いちごジャム、バニラアイスなどをグラスに重ねていくだけだ。

折角覚えたので、家族サービスとして作ってみたのだが……好評のようで良かった。

「ねえ、心一郎。そのバイト先のことなんだけど……あんたちゃんとやれているの？　いじめられたりしてない？」

「ん？　いや全然だぞ。店長も同僚も本当にいい人ばっかりだしな。かなりノビノビと仕事させてもらっているよ」

心配そうな顔を見せる母さんに、俺は正直な感想を述べる。

実際、あのブックカフェ楽日のホワイトぶりは予想以上で俺もビビった。

俺にとっての『職場』の基準が前世のクソ職場であることを差し引いても、あのまともな倫理観と理性が満ちた職場の神々しさといったらない。

（辛いどころか、某アニメ映画の天空の城じゃないけど『ホワイト企業は本当にあったんだ！』っていう興奮と感動が強いな……）

「そう……それなら本当に良かったわ……」

「って、母さん!?　な、何を泣いてるんだ!?」

「ちょっ、ママ!?」

「あら……？　ふふ、もう、歳を取ると涙脆くなるって本当ね」

感極まった様子の母さんに俺も香奈子も驚くが、当の本人はそんな二人の子どもを見て苦笑していた。

「いえ、実はね。私は心一郎のことを心配していたの。大人になったらどうしても強かさや要領の良さが求められるから、穏やかなこの子が上手くやっていけるかって。職場で酷くいじめられたり、心が疲れすぎてしまったりしたらどうしようって」

「…………」

その言葉は、俺の胸に深く突き刺さる。

この人はこんな頃から俺のことをそんなにもよく見てくれていて、ずっと心配してくれていた。その事実が、罪悪感となって俺の心を激しく抉る。

（それなのに……俺は母さんが心配した通りブラック企業に入ってしまって、その後もずっと心配ばかりかけて……）

自分の息子が殺人的な業務量により身体と心が壊れていく様を見せられ、さらにどれだけ辞めてと言っても本人ははぐらかしてばかり。

そんな状況がいかに母さんにとって地獄だったのか、どうして当時の俺は想像できなかったのか――本当に、自分の愚かさに吐きたくなる。

「それが……凄く明るくなって色々と意欲的になってくれただけでも嬉しいのに、今度はちゃんと大人に交じって働いてるなんて……なんだかこのパフェを食べたら急にそんなことを考えて気持ちが溢れちゃって……」

「母さん……」

微笑みながら涙を拭う母さんの姿を、俺は目に焼き付けた。

香奈子についても同じことを思ったが……今がどうであろうと俺が前世で犯した罪は消えない。だからこそ、今胸に渦巻いている罪悪感を、俺はよく覚えてないといけないのだ。

「それになんだか凄く壮大な恋もしているようで、母さん凄く驚いたわ……春華ちゃんみたいな子がお嫁さんに来てくれたらもう最高なんだけど……」

「ちょっ!? 話題の切り替わり方が急すぎないか!? 男としては母親に恋愛についてどうこう言われるのはキツいんだぞ!?」

唐突な恋愛話へのシフトに、俺はさっきまでしんみりしていたのも忘れてツッコミを入れた。いや本当に、男としては好きな子の話題を母親の前でするのは辛いんだが！

「あーっ！ そうそう！ 聞いてよママ！ 兄貴と春華ちゃんってばいつの間にか下の名前で呼び合ってるの！」

「え、何それ!? も、もしかして本当の本当にいけそうなの!? わ、わぁ、頑張りなさいよ心一郎！ 私はあのお泊まりの日以来、とっても可愛い春華ちゃんに『お母様！』って言ってもらえる快感が忘れられないんだから！」

「あーもう！ 言われなくても頑張るから好き勝手なことばっか言わないでくれよ！」

熱を帯びた顔でワイワイと騒ぐ家族に、俺は声を張り上げた。

そして同時に思う。

今の新浜家とは、なんと平和なのだろうと。

（もうタイムリープしてから半年近くか……）

この半年で俺が知る過去からはずいぶんとかけ離れた。

それを象徴するのが春華と俺の関係であり、そして新浜家の状態だ。

俺と香奈子と母さんが揃ってこんなにも楽しそうにテーブルを囲んでいるなんて……そもそも兄妹が疎遠だった前世と比べてまさに奇跡としか言いようがない。

（本当に、なんで俺にこんな奇跡が与えられたんだろうな……）

もう数え切れないくらい考えた。

タイムリープは何故起こったのか。何故他ならぬ俺がその対象だったのか。

けど、もちろんその理由なんてわからない。

そして、俺はただ恩恵だけを享受している。好き放題に二周目の人生を邁進しており、まさしく奇跡とも言える温もりの中にいる。

（幸せすぎていつも泣きそうになるな。こんなにも人生が楽しいと思う日々が来るなんて、最高すぎる……）

時間遡行がもたらしたこの結果は、とても優しく温かい。ともすれば、神様が哀れな俺に慈悲を示してくれたのかと思ってしまいそうなほどに。

（どうかこの幸せが……いつまでも続きますように）

幸せそうに微笑む妹と母さんの顔を見つめながら、俺は切にそう願った。

もう一度全てを失ってしまったら——きっと俺の心は粉々になってしまうだろうから。

＊

残暑も和らいで秋の気配が色濃くなってきたその日、俺は街中を歩いていた。

通勤者ラッシュのない土曜日の朝は人影も少なく爽やかな雰囲気が満ちており、なかなかに気持ちいい。

（しかし先週はまいったなあ。まさか春華達にバイトがバレるとは……風見原と筆橋にはあの後学校でも散々イジられたし）

もちろん二人とも俺と春華の名前呼びのことは、周囲には黙ってくれている。

だがその分、『どういうきっかけで名前呼びになったの⁉　ねえねえねえ！』とそこに至る経緯を根掘り葉掘り聞いてきたり、『春華♪』『心一郎君♪』などとバカップル風小芝居で俺をからかってきたりもしたのだ。

（でもまあ、春華達に店で会ったのも一週間前の話か。バイトの動機を聞かれた時は単に自由になるお金が欲しかったからって言っといたけど……まあそれは嘘じゃない）

　本当は単なる小遣い稼ぎではないが、その差異は特に重要なことじゃない。

　それよりも、今は七日ぶりのバイトに意識を向けなければならない。

　本当はもう少し勤務する予定だったのだが、なんでも急な増員に伴う研修が入ったから
とシフトの変更をお願いされ、随分と久しぶりの出勤となってしまったのだ。

（しかし過労死なんて死に方をした割に、トラウマもなくよく働けるもんだな俺。自分で
思っていたより神経が太いっていうか……いや、むしろ一回死んで吹っ切れたのか？）

　考え事をしながら歩いていると、自分のバイト先であるブックカフェ楽日にはすぐ到着
した。もうすっかり見慣れた店舗のドアを開けて中に入り――

「なぁ……っ!?　な、なんだこれ!?」

　店に足を踏み入れた俺は、予想だにしなかった光景に素っ頓狂な声を上げてしまった。

　まず視界に飛び込んできたのは大勢の客だ。

　カウンターに向かって長蛇の列を作っており、普段は全然使っていない行列整理用のベ
ルトパーテーションまで設置する状況になっている。

客席の方に視線を向けてみると、そちらも満員に近い。

今まではは土日であろうとせいぜい『そこそこ』くらいしか埋まっていなかったが、今や完全に『ぎっちり』である。

こ、これは一体……？　特にインパクトのあるキャンペーンなんて予定していなかったはずだけど……。

「あら、新浜君おはよう！　出勤ご苦労様！」

声に反応して振り返ると、スーツ姿の美人メガネ店長代理である三島さんがニコニコ顔で立っていた。

その表情は先日までのどんよりしたものとは打って変わって、極めて上機嫌である。

「あ、はい……おはようございます。えと、一体何が起こったんですかこれ？　普段からは考えられない客入りですけど……」

「ふふふ……驚くのも無理はないわ。この盛況ぶりはね、他ならぬ彼女のおかげなのよ！」

ビシッと三島さんが指さした方向には、大勢のお客を捌いている忙しそうなレジカウンターがある。

そしてそこに、俺はとても見慣れた人物を見つけて驚愕に目を見開いた。

（な、なあああああっ⁉　は、春華⁉　ど、どうして……⁉）

カウンターの中でカフェ店員の制服を身につけているのは、紛れもなく俺の想い人である紫条院春華だった。

元々清楚な雰囲気がある彼女にはエプロンがよく似合っており、その極めて愛らしい容姿は、ただそこにいるだけで店内の雰囲気を華やがせていた。

「いらっしゃいませー！　本日は店内でお過ごしですか？」

朗らかな声で接客する春華は注文の受付けとドリンクやフードの受け渡しのみを行っており、レジ業務やその他の細々したことは他のスタッフ三人が担当しているようだった。

それでもお客が大勢すぎて業務量は多いが、春華はまだ慣れていない手つきで一生懸命に自分の仕事を果たしている。

余裕なんて全然なさそうだけど……長らく春華を見ていた俺には今彼女が密かなやり応えを感じているのがわかった。

「いや、正直私もびっくりなのよ。とんでもない美少女を採用できたからある程度集客効果を期待したのは事実だけど、採用して一週間くらいしか経ってないのに、まさか口コミでここまでお客が増えちゃうなんてね」

なるほど……トップアイドル並の美少女が接客していたら噂にもなる。この時代にスマホはないが、口コミやネット掲示板、ブログなどで情報が出回ったのだろう。

とはいえ、ただ美少女なだけじゃいくらなんでもこんな行列はできないだろうが……。

（まあ、あの笑顔にやられたらな……）

「こちらカフェモカのホット二つとエスプレッソ一つです！　どうぞゆっくりしていってくださいね！」

妖精と見紛う美貌を持つ少女は、列先頭の男子中学生グループに向けてドリンクを提供しながら向日葵のような笑みを浮かべていた。

その笑顔に一切の義務感はない。子どもみたいに無垢で、輝く太陽のように誰に対しても気持ちが込められており、どこまでも温かい。

ただ相手をもてなしたいという想いだけがこもった、完全に純粋な笑顔だった。

誰もがそんな彼女に一瞬で心を奪われる。この世にありえないほどに清廉で天真爛漫な少女の心を、その笑みの向こうに垣間見てしまうからだ。

そして……案の定、春華に接客された男子中学生グループはどいつもこいつもほのかに頬を染めてぽーっと言葉を失っていた。春華がレジに入るようになってせいぜい数日程度だろうが、こういう仕組みでファンが増えてしまったのだろう。

「これはかなり凄いことなのよ！　今月の売上げは間違いなくドカンとアップするし、今後のことを考えたらいい流れだわ！」

テンションが上がりまくった三島さんの言葉は、真実その通りなのだろう。

ここまで客が来るのであれば、今後の流れにも少なからず影響がありそうだ。

「ええ、このお客の増加は一時的なものでしょうけど、それでもこの中の一割でも固定客になってくれたら相当なものですからね。メインだった女性や高齢者以外の若い男性層に働きかけられたのも大きいと思います」

「また君はそういう高校生らしくない分析を……まあでもその通りよ！　この苦境にあえいでいるタイミングで、まさに天の采配(さいはい)って感じね！　春華さんがウチに面接に来てくれて本当に良かったわ！」

三島さんは、出会ってから今までで一番いい笑顔で弾んだ声を出していた。

任された店の未来を真剣に憂いていたからこそ、降って湧いた光明に心が軽くなっているのだろう。

ただ……大丈夫なのかこれ？

「しかし三島さんも大胆ですね……。本社の社長の娘を看板娘みたいに前面に押し出すなんて」

まず間違いなくバイトは春華が自分から望んだことなのだろうし、春華が他の店員と変わらない通常業務を遂行する副産物として客入りがアップするのであれば、それは素直に喜んでいいと思う。

ただ春華の身分を考えると、大勢のお客に人気になってしまうような采配は、普通の社員としては二の足を踏んでしまいそうなもんだが。

「は？　社長の……娘？」

「んん？　いえ、ですから彼女は三島さん達の会社の社長の娘さんでしょう？」

「…………」

そこで、さっきまで上機嫌だった三島さんは全身にブワッと冷や汗をかいた。

まるで重大な仕事に致命的なミスを見つけてしまった時の俺みたいな顔で、微かに身体を震わせる。

「そ、そう言えば……あの後で見つかった履歴書に書いてあった名字……いや、まさか、そんな……そもそもそんな超絶セレブな子がバイトの面接なんかに来る訳……！」

「あの……念のため言っておきますけど、彼女の名前は紫条院春華で千秋楽書店の社長である紫条院時宗さんの一人娘ですよ？」

「ウソぉぉぉぉぉぉぉぉぉぉぉぉぉぉぉっっ!?」

周囲のお客がギョッと振り返るレベルで、三島さんはこの世の終わりのような悲痛な叫びを上げた。

ちょ、ええ⁉　そこんとこ気付いてなかったんかい⁉

「な、何で君にそんなことがわかるのよ⁉　ウソでしょ⁉　ジョークだと言ってよお願いだから！」

「いや、彼女は同じ学校のクラスメイトだからよく知ってるんですよ。というか……まさか全然知らないで採用したんですか？」

てっきり、バイトを志した春華が父親である時宗さんに頼んでバイト先を紹介してもらったのかと思ったが、普通に春華が募集に申し込んだだけで、三島さんは彼女が自分の会社の一番偉い人の娘だと知らなかったらしい。

「い、いやだって！　あんまりにも綺麗すぎる子だったから面接も五秒で採用を伝えちゃってプロフィールとか全然見てないの！　その後はお客さんが増えていくことに浮かれすぎてて、あの変わった名字のことも頭から吹っ飛んでて……！」

どうやら業績アップでハイになりっぱなしだったせいで、特徴のありすぎる紫条院という名字と自社の社長との関連に思い至らなかったらしい。

まあ……考えてみれば巨大チェーンである自社の社長なんて三島さんにとっては雲の上の存在だろうし、その令嬢が自分の店にバイトの面接を受けに来るなんて、可能性に思い至ることすらできなかったのも無理はない。

「え、えっ？　じゃ、じゃあ私ったらバイトを始めて間もない社長の娘さんに客寄せパンダみたいな役割をさせちゃった訳⁉　ひ、ひいいいい！　な、なんて恐れ多いことを……！」

　状況を理解した三島さんが、ガタガタと震え出す。

　俺は春華の家の人達が善良すぎて感覚が麻痺(まひ)してしまっているが、紫条院家の令嬢ともなれば一般人はこういう反応になるのは無理もない。

　大会社の社長令嬢ってだけでも凄(すご)いのに、ガチで財閥一族のお姫様だからな春華……誇張抜きで現代日本の貴族と言っても過言じゃない特権階級なのだ。

「も、もしかしてあの子がバイト中にケガしたりナンパされて怖い思いをしたって親に報告したりしたら、私ってクビ……⁉　い、いや、社長とは話したことなんてないけど、そんなに大人げないことしないわよね……？」

「……実は俺って彼女とはそれなりに話す仲で、その縁で父親である時宗社長とも面識があるんですけど」

　かなり真剣に不安がっている三島さんに向かって言うと、大量の冷や汗をかいている店長代理は縋(すが)るようにこっちを見た。

「とにかく超過保護で娘ラブが凄(すさ)まじいパパでしたね。娘をちょっとでも傷つける奴がいたらブチ切れたライオンみたいになって、相手が大統領だろうがゴジラだろうがこの世からなんとしても抹殺するくらいの勢いです」

「ぎゃあああああああ!? やっぱり噂通りだったあぁぁ!? と、飛ばされる……! グループ会社に出向みたいな名目でシベリアとかサハラ砂漠に飛ばされちゃう! あ、痛っ! い、胃がいだい! ポンポンがいだいのおおおおぉぉぉ!」

時宗さんの娘へのクソ重いラブ度を正直に語ると、三島さんは泣き叫びながらお腹を押さえて苦悶し、脳内が悲嘆とパニックの大運動会なご様子だった。

(不当な扱いさえしなければ時宗さんはそんな理不尽なことはしないだろうけど……まあ、普通は自分とこの社長なんて天上の人すぎて性格なんて知らないし、過剰にビビるのも無理はないか……)

とはいえ、娘が辛い目にあったらなんとしても原因を排除しようとするのは否定できないが……。

「……はっ! ねえ、新浜君! さっき彼女と学校で仲が良くて、おまけに父親である社長とも面識があるとか言ってたわよね! つまりそれって君があの娘の彼氏ってことなのよねっ!?」

「えっ!? い、いや、それは……」

「お願いよぉ！　君からあの子にとりなしてぇ！　私は本当にあの子を広告塔として便利に使ってしまおうなんて考えてなかったの！　ただ可愛い子に接客をさせたらちょっとはお客が増えるかなってくらいの気持ちだったのぉぉぉぉ！」

「ちょ、わかったからシャツを引っ張らないでくださいよ！　というか心配しているようなことは起きませんから、そろそろ落ち着いてくださいってばっ！」

若き美人店長代理は切羽詰まった表情で俺に泣いて縋り、俺はかなり外聞が良くない状態に慌て——自分の将来を悲観して恐慌状態に陥った三島さんを落ち着かせるのに、俺は仕事前からかなりの労力を使ってしまったのだった。

＊

「一週間前からアルバイトをしている紫条院春華と申します！　どうかよろしくお願いしますね！」

俺を含む、シフトの都合により本日初めて顔を合わせるバイト仲間達に向けて、春華は咲き誇る花のような笑みを浮かべた。

客入りが一段落した合間を縫って、職員休憩室にて新人の自己紹介タイムとなったのだが……初対面の数名の若い男性アルバイト達は、職場に現れた天使に呆けたような表情で立ち尽くしている。

まあそれも無理はない、春華の美貌と無垢な笑顔は、本当に初対面の人間を硬直させるほどの力があるのだ。

「……という訳で、紫条院さんにはこれから多めにシフトに入ってもらう予定よ。まだ始めたばかりだからフォローしてあげてね……」

そう補足したのは店長代理の三島さんだったが、その声には全く覇気がない。ゾンビかと思うほどに動きが緩慢で、瞳の光はあまりにも弱い。

「あ、あの、三島さん……一体どうしたんですか？」

「なんだか顔色が真っ青なんですけど……」

憔悴しきった様子の三島さんに、事情を知らないアルバイト達が心配そうに声をかける。

三島さん本人は若いアルバイトの辞めっぷりにトラウマがあるようだが、普通の真面目なバイト達には美人かつ話のわかる上司としてなかなか人気なのだ。

「ふふ……単に本社からの呼び出しが怖くて泣きそうなだけだから、君達は気にしないでいいのよ。あはは、死にたい……」

テンションが地の底に落ちた三島さんの言葉に、バイト達は「は、はあ……？」と困惑していた。

まあ、それはいいとして――

どうやら早速手の早い奴が出てきたようだ。

「……な、なあ春華ちゃん！　俺K大の難波って言うんだけど、もしよければアドレスの交換を――」

「えっ？　え、えっと……」

ほほう、俺の目の前で早速のナンパとはいい度胸だ難波先輩よ。

あんたは人生初の彼女が欲しくてたまらないだけの典型的な大学一年生であり、別に悪い奴じゃないのは知っている。

だが、ガチ勢の俺としてはそれを見過ごすことは――

「やべなざあああああああいッッ!!」

「いでっ!?」

困った様子の春華を助けるべく俺が飛び出そうとする前に、三島さんが奇声を上げて割り込み、難波先輩の頭にチョップを見舞っていた。

「言っとくけどぉ！　この職場内でナンパは禁止だから！　特にこの娘は絶対にダメ！

このルールを破ったら口からバケツいっぱいのコーヒー豆を流し込んで人間コーヒーメー

カーにするから……！　今の私はマジでやるわよ!?」

「あ……はい……ごめんなさい……」

鬼気迫る勢いで激怒する三島さんの気迫に、難波先輩はおののいた様子でワビを入れた。

なお、守られた格好になった春華は、三島さんの必死ぶりに目を白黒させていた。

「という訳で！　今後の紫条院さんの指導は全面的に新浜君にお願いします！　まだまだ経験不足だからしっかりお願いね！」

「え!?　は、はい……わかりました」

店長代理の有無を言わさぬ決定に俺と春華は驚き、周囲の奴らは超絶的な美少女の指導係を命じられた俺へ羨(うらや)ましげな視線を向ける。

そして、そんな中で三島さんは俺へ盛んにウインクしている。

どうやら俺が春華の正式な彼氏だと思っているようで、『誰かが春華さんに失礼なまねをしないように、君がしっかりガードしてあげて！　彼氏だし適任でしょ!?』みたいな意図がその視線からは感じられた。

まあ、俺としても願ったり叶(かな)ったりだが――

「あ、あの……しんい……あ、いえ、新浜先輩！」

「え……」

春華はまだ職場という環境に完全には慣れていないようで、おずおずと俺に話しかける。普段耳にすることのない、新鮮な呼び方で。

「新人の紫条院春華です！　その、これからご指導をよろしくお願いします！」

緊張を滲ませながら明るく挨拶する様は何だかピカピカの新入社員のようで、思わず俺は頬が緩んだ。

その初々しさと真面目そのものの表情が、とても愛おしい。

「あ、ああ、よろしく。俺もまだまだ新人なんだけど、これから頑張っていこうな」

「はいっ！　先輩から色々と教わりたいです！」

言って、春華はまたも輝くような笑顔を見せる。俺が指導係に指名されたのは三島さんの勘違いからだが、これはとてもありがたい役得だ。

この笑顔をたびたび見ることができるのなら――それだけでこの職場の福利厚生は、間違いなく世界一だと断言できるだろう。

＊

「しっかし驚いたな……まさか春華が同じバイト先になるなんて」

大量の本が所狭しと収められた倉庫で、俺は傍らにいる春華へ声をかけた。

現在俺達が行っているのは書店スペースに並べる本の整理であり、周囲に他の店員はいない。今はそのおかげで、俺と春華は職場の同僚としてではなく普段の友達としてのノリで話すことができていた。

「ふふ、秘密にしていてごめんなさい。でも……心一郎君もバイトのことを教えてくれていなかったんですから、お互い様ですよ？」

「う……っ」

言って、春華は茶目っ気たっぷりに舌を出してイタズラっぽい笑みを浮かべた。

いつも清楚な春華がそんな小悪魔的な仕草をするのは完全に不意打ちであり、心臓が大きく跳ねてしまう。

「それにしても、店長の三島さんにはなんだか余計な心配をかけてしまいましたね……。まさかあんなに謝られるなんて……」

「いや、あれ俺のせいでもあるんだよ。俺がうっかり時宗さんの娘思いっぷりを語っちゃったから……」

自分の雇った美少女が社長の娘だと気付いた三島さんは、あれから思い詰めた顔で春華に会いに行き、土下座する勢いで謝ったらしい。

『可愛い春華さんに接客してもらったら売上げが上がるかも♪　とか考えてレジ担当を多めにシフト組んでましたぁぁ！　ごめんなさい！　どうか許してくださいぃぃぃ！』

そんなことを言いながら何度も頭を下げる店長代理に、春華は大いに混乱したらしい。

「つまり、私が『バイト先で不当な扱いを受けた』とお父様に報告するかもと思われたんですね……。そんなつもりはこれっぽっちもなかったですし、むしろとてもやりがいを感じていたんですけど……」

春華は自分が心痛の原因となってしまったことに対し、心から申し訳なさそうに言った。

まあ、そもそも三島さんは春華に接客というごく当たり前の業務を割り振っただけで、他のバイトと違う広告塔みたいな仕事を課した訳じゃない。また、お客を増やす効果にしても、多少プラスになればラッキーくらいの気持ちでいたらしい。

だが、結果として大勢のお客を呼び込むことになったので、その情報が父親である社長に伝わって『娘をよくも客寄せパンダにしたなオラアアアア！』とキレられる可能性に震え上がっているのだ。

（一応、春華がその懸念を慌てて否定して一段落したらしいけど、それでもさっきの様子からするに『社長令嬢に何かあったら私の人生が終わる……！』って感じの気の毒な状態になってるな……）

というか、あの心配性の時宗さんがよくバイトを許したもんだ。

いや、そもそも——

「なあ、春華はどうしていきなり働こうと思ったんだ？　なんか欲しいものができたとか？」

普通であれば、高校生がバイトする理由なんてほぼお小遣い不足に起因する。だが春華の場合は実家があまりにも裕福で、とてもお金に困っているとは思えない。

まあ、時宗さんは過保護ながらも賢明な人なので、高校生にそこまでの大金を渡してはいないかもしれないが……。

「ええと、それはですね……」

俺の問いに、春華は少し恥ずかしそうに言葉を詰まらせた。

なんだ？　春華は結構趣味にハマりやすいし、まさかグッズやアニメのコンプリートBOXの沼に落ちて金欠とか？

「実は……お金というより、心一郎君と同じことをしてみたくて……」

「え……同じって……？　働くことそのものってことか？」

俺の問いかけに、春華は頷く。

「はい、実は最近進路について悩んでいまして……大学とかその先の就職先を考えても、実際に働いたことがないので何がいいのか定める基準がないんです」

まあ、それはそうだろう。

高校生活も中盤を越えてくると急に将来の事を考えろなんて言われるが、学生からすれば経験が足りなすぎてどんな道筋が良いかなど判断がつかない。

学校を出て大人になる事も就職して働く事もまるで未知であるため、ひどくぼんやりとしたイメージしか持てないのだ。

「そんな時に心一郎君がバイトをしている姿を見て、私も働いてみたら少しは将来を真面目に考える上での助けになるかなと……あ、もちろんお給料も楽しみですよ！　私って自分でお金を稼ぐのはこれが人生初ですから！」

「な、なるほど……真面目だなぁ……」

かつて俺がブラック企業の闇について延々語ったのも影響しているかもだが、春華はバイトに真剣であり、労働という経験を糧にして自分の将来を明るいものにしようという強い意志が感じられる。

適当に就職した挙げ句、過労死というあんまりな死を迎えた俺としては……その将来への真面目さが眩しい。

「いえ……実は全然真面目じゃないんです」

「へ？」

就職の動機を語った春華は、何故か少々恥ずかしそうにそう言葉をこぼした。

「……さっき言ったように労働の体験が目的なら、どこのアルバイトだってよかったはずなんです。それなのに、私ったらバイトしようと決めた時からこの店で働くことしか考えていなかったんです。それに気付いたのは採用の後でしたけど……」

「それは……どうしてなんだ？」

このブックカフェに来店して雰囲気を気に入ったか、もしくはお父さんが経営している会社の一部だからか——そこらへんがこの店を選んだ理由かと思っていたんだが……。

「その理由は凄く単純で……心一郎君がいるからです」

「——……」

その大きくて宝石のように綺麗な瞳を俺へ向け、何でもないことのような口調で春華はさらりとそう言った。

「自分を磨くためにアルバイトをすると決めたのに、私ときたら心一郎君と同じ職場で働くことしか考えていなかったんですよ？　本当に、我ながら友達に甘えすぎというか……」

少女の口から出るのはあくまで、自分の心構えの未熟さを恥じる言葉だ。

だが、こちらとしてはただ絶句して赤面するばかりだ。自分が言っていることが俺の男

心にどれだけの衝撃を与えているのか、春華は全然わかっていない。

「まるで一緒の部活をやるような気持ちで、心一郎君と肩を並べて同じ作業をしたり苦しいことを分かち合ったり……そういうのを期待していたんです。その事実に気付いて、自分の不真面目さを本当に恥じました……」

春華としては自分の不純な動機を顧みての台詞なのだろうが、『あなたがいる職場しか考えられなかった』みたいなことを言われたこっちはドギマギしっぱなしだ。

ああもう、どうして天然ってこう……！

「あ、でももちろん採用されたからには全力で頑張るつもりです！　なのでこの新人にビシバシ指導してくださいね新浜先輩！」

自分の胸の前で二つの握り拳を作り、春華は意気揚々と宣言する。そのピュアでフレッシュな笑顔はあまりにも眩しく、そしてあまりにも愛らしい。

（こんなんで俺、仕事が手につくのか……？）

仕事となればそれなりに真面目にやってきた俺だが、ひたすら可愛い少女に『先輩♪』などと連呼されては心が乱されてそれどころではない。

仕事と青春という本来相容れないはずの要素が交ざり合い、職場という苦難の場に舞い降りた想い人の笑顔に脳が混乱してしまう。

ああ、どうしよう。俺の後輩が世界一可愛い。

＊

「頼りになる後輩と信じてた奴がアイドル級に可愛い彼女とこれ見よがしにイチャつき始めた件について」

「なんかもう、世の中の理不尽さを感じる。紫条院さんだっけ？　可愛いのはわかるけどバイト先に引っ張り込むなよチクショウ」

「あんな彼女いるとか前世でどれだけ徳を積んだんだ君は。ブッダか何かだったのか？」

若手男性バイト達で書店スペースの整理作業をしている最中――

皆で黙々と本を入れ替えていると、周囲の先輩達は俺に向かって世の中を呪うようにブツブツと恨み言を吐き出した始めた。

なんか知らんが、この店にいる高校生・大学生の男性バイトは妙に彼女ナシが多い気がする。

「いや、別に俺がバイト先を紹介した訳じゃないですし、彼女でもないんですって」

事実でないことはきちんと否定するしかなく、年上ばかりのバイト仲間達にそう説明するが——

「かーっ！　出た！　出ましたよ大嘘！　あんだけイチャイチャしてて何が彼女じゃないんだっての！」

「別に恥ずかしがらなくてもいいって。あの子さあ、君が話しかけたら大好きな飼い主に会ったワンコみたいに尻尾ブンブンなテンションになってたじゃんか。あの親密さで彼女じゃないは無理があるだろ」

まあ、春華の立場で考えれば、慣れないバイト先での知り合いが俺だけなので、俺の姿を認めると普段より喜びの表情が深くなっているのはその通りかもだが……。

「あー……その、悪かったな新浜」

俺の隣までやってきてバツが悪そうに言ったのは、春華にメアドを聞いていた大学生の難波先輩だった。

「知らなかったとはいえ、お前の彼女を目の前でナンパしちまってすまんかった……何で三島さんがキレたのかはよくわからんけど……」

この店の正社員スタッフはともかく、アルバイト達は春華がこの店の大本の会社の社長令嬢だとは気付いていない。

紫条院という名家の名前を知っている奴は多いだろうが、バイトに入ってきた女子高生とそこを結びつけることまで至っていないようだ。

　まあ、俺だってミツビシさんとかスミトモさんなんて名前の人が職場に入ってきても、まさか自分の生活範囲にスーパーエリートな家柄の人がいるとは思わず、ただ名前が同じなだけだと思うだろうしな。

「いえ、そこは怒ってないですよ。まあ、懲りずにあの娘に言い寄るのなら、その時は決闘を申し込むかもですが」

「ひぃ⁉　わ、わかってる！　わかったからその殺人鬼みたいな顔をやめてくれって！」

　俺としてはジョークを交えて和やかに言ったつもりだったが、年上の難波先輩は過度にビビってひたすらに謝り倒してきた。

　……そんなに怖い顔してたか俺。

「おい、やべぇぞ。新浜の奴、目が笑ってねえ」

「彼女のためならマジで何でもやりそうで怖いなこいつ……ヤンデレかよ」

　そんな独占欲剝き出しの彼氏みたいに言わんでも……と思ったが、自分の春華への執着を鑑みるに、決して否定できず反論が出てこない。

（それにしてももどう反論しても完全に彼女認定だな……まあ、もう否定しても無駄みたいだしそういうことにしておくか）

春華の指導係にも任命されたことだし、いっそ彼氏彼女と認識された方が色々とやりやすいかもしれない。何より、バイト内でのナンパを強く牽制できるのが大きい。

(ただ……なんか周囲に恋人同士って認識されるのは、なんかこう、照れくさいシチュエーションだよな……)

彼氏彼女の二人が、一緒のバイトに入って苦楽をともにして、どんどん仲を深めていく――今の状況はそんな少女漫画にありがちな展開に似ていることに気付いて俺は頬をポリポリとかいた。

(まあ、でも……春華がいるとやっぱやる気は出るな)

こんな展開は予想していなかったが、どうせ同じ職場になったのであれば春華にカッコ良いところを見せるべくもっと仕事を頑張ろう。

勤労意欲に恋心というガソリンが供給された俺はますます気合いを滾らせ――周囲の先輩男性バイト達はそんな俺を、『ほら、彼女来てからめっちゃテンション上がってるじゃないか』みたいな目で見ていた。

＊

私こと紫条院春華が人生初の労働を始めてから、もう一週間以上になる。

　このブックカフェ楽日はとてもお洒落で、お客として訪れた時はその雰囲気がとてもキラキラして見えた。

　だけど、こうして現場で働いてみると、そのキラキラは店員さん達の苦労で成り立っていたのだと痛感する。

「お、オーダー復唱します！　エスプレッソのレギュラー二つにブルーベリースコーン一つ！　それからワッフルのチョコソーストッピングですね！」

　女性の先輩アルバイトから伝えられたオーダーに、私は一生懸命大きな声で確認を兼ねた返事をする。

　このお店のアルバイト業務は接客、レジ、書籍の管理、清掃など多岐にわたる。

　新人の私は採用されてからしばらくは接客に回っていたけど、店長代理の三島さんの方針で他の業務についても一通り経験を深めることになった。

　そして本日私が担当しているのはカウンター内でのドリンク作製だった。

（うう……まだ新人だから私に回す注文の量を絞ってくれているのに、それでも凄く大変です！）

　ドリンクの作り方はマニュアルできっちり示されており、手順を踏めば誰にだって作れる。だけど、オーダーがいくつか溜まっただけでどうしても焦ってしまい、その当たり前の手順を見失ってしまうこともある。

（どれだけ忙しくても間違うことは許されないですし、時間をかけすぎてもダメなのが本当に焦ります……！）

アルバイトを始めてわかったことは、お金をもらっている仕事には多大な責任が発生していて、基本的にミスは許されないということだった。

それぞれに与えられた仕事を不足なくこなすのが前提で職場は回っていて、ちょっと間違えるだけで周囲の仲間やお客さんに迷惑をかけてしまう。

（私なんてあっという間に頭がいっぱいになってしまうのに、心一郎君はどうしてあんなにたくさんの業務をシュババッと片づけられるんですか⁉　とても同年代だと思えませーん！）

一緒の職場に立ってみて、私は心一郎君の能力の高さを改めて思い知った。

あらゆることに対応できる万能性もさることながら、どんなに忙しい場面でも冷静に最適な行動を選べる心の強さには本当に驚いてしまう。

私に任せられた仕事なんて特に高度なことじゃないのに、それでも緊張とミスを犯す恐怖で頭が真っ白になってしまうことがたびたびある。

（やっぱり予想した通り、お仕事は楽じゃないですね。でも……）

手を動かしながら、私はちらりと客席を見る。

中学生くらいの女の子達が、ホイップクリームやチョコレートコポーが載ったカフェモカに目を輝かせて、おずおずと口を付けては美味しそうに顔をほころばせている。

私が作ったドリンクが、彼女達の休日にささやかな幸福を与えている——そう思うと、自分の中の何かが満たされていくのがわかった。

それはお客さんを満足させることができたという達成感だけじゃなくて、自分が職場やそこにいる仲間の——もっと大袈裟に言えば社会の役に立てたという手応えだった。

高校生でもできる本当に簡単な仕事をしただけだけど、自分でもこのくらいはできるのだという事実が、とても嬉しくて誇らしい。

「お待たせしました！　エスプレッソのレギュラー二つ、ブルーベリースコーン一つ、ワッフルのチョコソーストッピングです！」

注文品受け取りカウンターから、大学生らしき二人の男性へ笑顔でドリンクやフードが載ったトレイを差し出す。

さて、これで私に回ってきた注文も大体片付いて——

「うわ、おい！　この娘マジとんでもなく可愛いぞ！」

「うおおお⁉　ちょ、凄え！　な、なあ、君高校生？　良かったら俺らと――」

「え？　あ、あの……」

唐突にお客さんに話しかけられて、私は言葉に詰まった。

実を言えば、こういうことは学校で何度も経験している。

これが交友関係を結ぶために連絡先を聞き出すことだというのは周囲に教えられて理解しているけれど……何故か声をかけてくる人達は誰も彼も面識がないのにあまりにも気安すぎて、正直怖いと感じてしまう。

けれど、今この場所は職場で相手はお客さんだ。

この場合、どう対応するのが最善なのかわからず私が固まっていると――

「お客さまああああああ！　本日はご来店ありがとうございます！」

（し、心一郎君⁉）

猛ダッシュで駆けつけた心一郎君は、私を隠すようにして男性二人の前に立ちはだかり、満面の笑みで半ば叫ぶように言った。

そんな突然の横槍に、私に声をかけてきた二人組も目を白黒させている。

「本日のエスプレッソはコロンビア産の豆を使っております！　ふわりと甘い香りがするのが特徴で、マイルドな酸味もありとても風味が楽しめますので、是非ご賞味くださいっ！」

笑顔のまま、心一郎君はセールスマンのように猛烈な勢いでコーヒーの説明をまくしたてた。その一方的な笑顔と言葉の洪水により、お客二人の勢いは完全に削がれていた。

「え、いや……今俺らはそこの女の子と……」

「はい、どのようなご用件でしょうか！　この者はドリンク担当ですので私が承ります！何でもおっしゃってくださいっ！」

「え、ぇぇ……？」

とてつもない圧力で押し切るように堂々と宣言する心一郎君に、周囲のお客からもにわかに注目が集まる。

そんな雰囲気の中では流石にもう何も言えなくなったようで、二人組は困惑の表情のまま「お、おい、もう行こうぜ……」「あ、ああ……」と言葉を交わすと、ドリンクとフードが載ったトレイを手に客席へと去っていった。

「あ、あの……ありがとうございます心一郎君」

「いやいや、こういうのは男性店員の役目だからな。というか、もうちょっとスマートにお引き取り願いたかったんだが、焦りすぎてちょっと強引になっちゃったな……」

私としては最大限にスマートな解決だったと思うのだけど、心一郎君は周囲のお客さん達の注目を集めてしまったのが不満なようだった。

普通だったらお客に注意するのは大人だって勇気が要ることだろうに、まるでそういうトラブル処理のプロであるかのようにあっさり介入できる心一郎君は、本当にハートが強いのだと改めて思い知る。

「と、すまん！　自分の仕事を放ってきちゃったからまたな！」

言って、心一郎君は足早にその場を立ち去った。

このアルバイトを始めてから、心一郎君は私の指導係だということもあり、こうやっていろいろとサポートやフォローをしてくれている。

いくら新人だからといって、バイト先の友達に甘えてばかりの自分の未熟さを恥じるばかりだけど……同時にこうやって彼が助けてくれるたびに妙にふわふわと甘い気持ちになる自分もいる。

「……本当に、ありがとうございます。心一郎君」

意図せず、私の胸中からこぼれるように呟き（つぶや）が口から漏れた。

それはカウンター内のスタッフ全員に聞こえてしまったようで、周囲のスタッフから微笑ましそうな視線を向けられてしまい……何故か私は妙に気恥ずかしくなってしまった。

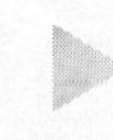

五　章　過保護社長のお忍び視察

私こと紫条院時宗(しじょういんときむね)は、硬い面持ちでその店の前に立っていた。

今し方社用車からその場に降り立った私は、サングラス、ポーラーハット、薄手のトレンチコートという出で立ちであり、普段のビジネススーツ姿ではない。

つまるところ簡易な変装だ。私にとってあらゆる意味で問題となったこの店――『ブックカフェ楽日(らくじつ)』への視察に赴くには必要な準備だったのだ。

「あの、社長……本当にお一人でよかったのですか？　わざわざそんなお忍びのような真似をせずとも、視察なら他の者に任せれば……」

私を送ってここまで社用車を運転してくれた若い社員がおずおずと尋ねてくる。

確かに新店舗の調査なんて部下に命じれば事足りるのに、社長が一人だけ――それもお忍びでやるなんてかなり大げさだ。

だが――

「いいや、これは私がやるべきことなのだよ。社内にはまだ認識が浅い者も多いが、この店やその他の新事業の成功如何によって我が社の未来は大きく変動する……言うならば社運がかかっている」

これは偽りのない私の本音だった。

全国規模の書店会社となった私の会社だが、まず間違いなくこれからこの業種は衰退の一途を辿る。

生き残るためには従来通りのことをしていては駄目で、その改革の重要な一歩がこの店のような新しいビジネスの開拓なのだ。

「その現場調査となれば、社の舵取りをする人間がありのままの状態を見なければならない。そのための私であり、そのための変装だ。まあ、少々コミカルな出で立ちなのは否めんがな」

「しゃ、社長……この新事業にそこまでの熱意を持っていらっしゃったんですね。わかりました。では、連絡頂ければすぐにお迎えに上がりますのでゆっくり調査なさってください」

言って、若手社員は車の窓を閉めると車を走らせていった。

一人になった私は、改めて問題の店へと向き直る。

（そう、これは歴とした視察という仕事だ。……まあ、ちょっと別の目的もないと言ったら嘘になるがな！）

さっき新事業の重要性について述べたことは本心であり、この店の視察も本来近々行う予定だったのだ。

だが、急遽その予定を前倒しにしたのは、他ならぬ我が最愛の娘がこの店でアルバイトを始めたからである。

（春華……）

娘がアルバイトをしてみたいと言った時、私はつい反射的に反対してしまった。無垢で純粋すぎる春華が、大人に交じって働くなんてあまりにも心配だったからだ。

だが、そんな私に対して、春華は予想を超える反応を見せた。

『お父様、私だってもうじき大人になって自分の力で生きていくことになります。その時が来たらどちらにせよ何かしらの仕事はしないといけません』

その場にいた妻の秋子や家政婦の冬泉君が驚くほどに、春華の物言いは堂々としたものだった。

『なら、今の内に少しでも職場というものに慣れておくのがそんなにいけないことですか？　それともお父様は、私が紫条院家のお金をあてにして一生この家に引きこもるように暮らしていけばいいと言うんですか？』

しっかりとした論法と想いを交えた言葉に、私は反論の術を持たなかった。

そもそも私としても、春華を永遠に家へ縛り付けておこうなどとは毛頭思っていない。

よく過保護だと揶揄される私だが、娘には家に囚われずに自分の人生を摑みに行って欲しいのだ。

そんな訳で、最終的にアルバイトの許可は出したのだが――

（春華……おお、春華よ……！　お前の成長は嬉しいがお父さんは心配なんだよ！　お前がバイトに行く日はいつも落ち着かなくて、メシも喉を通らんのだ……！）

当初、私は春華のバイト先が自社の一部であることを利用し、店長代理に『特別扱いはいらないが酷いことがないように目を配って欲しい』とお願いするつもりだった。

だが、そんな私の考えは先読みされていたようで、春華は強く念を押してきた。

『お父様。アルバイト先に何か言っておくとか、そういう権力を使うような真似はやめてくださいね？　あと、心配してくれるのは嬉しいですけど、間違っても店に様子を見に来たりしないでください。いくらなんでも恥ずかしすぎます！』

かくして私の動きは完全に牽制されてしまい、それからは悶々とした日々が続いていた。

娘の自立心は素晴らしい。春先からあの娘は急成長している。

だが……春華のあの美貌(びぼう)ではナンパなどのトラブルは高確率で発生する。

それを上手くいなすスキルを養う機会とも言えるが、やはりどう理屈をつけても心配で心配でたまらない。

（バイト先に様子を見に行ったりなんかしないとは言った……言ったがこれは純然たる視察だ春華！　社長として仕方なく新事業を担う店をじっくり見に来たんだ！　何らやましいことはないぞ！）

娘がバイトから帰ってきた時の表情を見るに、今のところ上手くやっているようだ。

だが、そろそろ心配が過ぎて私の激痩(げきや)せがヤバい。

それを解消すべく、娘が健やかに勤務できているかどうかを確認し、さらに社長として視察もこなす。それが私の出した最適解である。

（さて……では行くぞ！）

自分の目的を再確認した私は、色んな意味で確かめないといけないことが多い店舗の自動ドアを通り、店内へと足を踏み入れた。

＊

（ふむ、思ったより客入りがいいように見えるな）

店内の様子を見て、私は微かに頬を緩めた。

報告では目標数から数段下のラインを保つのが精一杯とあったが、今日が日曜日だということを加味しても、この客数はなかなかだ。

主な客層は高齢者や二十代～四十代の女性だとも聞いていたが、若い男性客もかなり多い。その点は特に意外だ。

（……む、春華の姿はないな。今日は勤務日のはずだが書店スペースの方か？　まあいい。とりあえず一通り店のサービスを体験してみるとするか）

カウンターに赴いてコーヒーを注文すると、大学生とおぼしき男性店員はすぐに注文の品を提供してくれた。しばし観察していたが、重要な役割を果たすカウンター内のスタッフは全員がバイトながらもよくやっているように見える。

その後、私は適当なビジネス雑誌を書店スペースから持ってきて席に着いた。

一息ついたところで、じっくりと店の中を観察し始める。

（テーブルの上に置きっぱなしの本などが見当たらないということは、客にマナーがきちんと浸透しているようだな。そして、やはり女性はデザートドリンクやスイーツが殆どで、男性はシンプルなコーヒーが多いか。ふむ、予想より忙しそうな環境だがバイト君達はよく回して――）

日に飛び込んでくるありのままの情報をチェックし、正しく現状を把握する。

流石に細かい部分は後で調べないとならないが、経営状況というのは店を一目見ればおおむね理解できるものだ。

（ふむ、まあパッと見である程度状況は把握できたな。後で店長代理の三島君ともじっくり話す必要があるが、とりあえずはしばらく客としてこの店のありのままを味わわせて――むっ!?）

店内観察を続けていると、カウンター内に見慣れた姿を見つけた。

長く美しい髪を翻してバックヤードから現れたのは、間違いなく娘の春華だった。

どうやら昼の時間に突入するにあたってカウンター内の業務を手伝いに来たようで、慣れた様子で業務用ドリップマシンを操作し始める。

（お、おお……春華が、あの春華が本物の職場でしっかりと仕事をしている……）

やはりまだ慣れていないようで、春華の手つきは決して熟達しているとは言い難い。だが、それでもエプロンを身につけた娘は懸命に自分の仕事を果たしていた。

その表情に暗澹たる気持ちや過度のストレスは見受けられず、むしろ充実感が窺える。

周囲の先輩アルバイト達ともちゃんとコミュニケーションがとれているようで、きちんと業務会話ができていた。

(ふふ……いつまでも子どもだと思っていたあの子がな。月日が経つのは早いものだ……)

しんみりとした気持ちになりながら、私はコーヒーを啜った。

さしあたり、春華がバイト先で強いストレスを感じているという様子はない。その最重要事項を確認して私はホッと一息吐き――

(……………ん？　んんん？)

そこで、店員の制服を身につけた高校生ほどの少年が、カウンター越しに春華へ何事か話しかけているのが見えた。

すると、驚くべきことに春華はぱぁっと心が弾むような表情を見せた。あまりにも親しげで嬉しそうな様子であり、明らかに他の店員への反応と異なる。

そして――私はそのバイト少年にとても見覚えがあった。

(なあぁぁぁぁっ!?　に、新浜少年!?　な、なんで貴様がここにいるうううううう!?)

娘の職場に突如現れたある意味最も危険な存在を目の当たりにし、私は胸中で叫んだ。

＊

「ふう、ちょっと今日は客が多いな……」

「ええ、私がレジをやっていた時程の行列はないですけど、やっぱり多いですよね」

俺が呟くように言った言葉に、カウンター内にいる春華はドリンクを作る手を休めずに答えた。

今日の俺はホールに立って、パフェやフードなどの配膳やテーブルの片付けを担当しているのだが……やはり今までに比べたら客は増えたように思える。

（まあ、元からかなりちゃんとしてたもんなこのブックカフェ。認知度さえ高まれば自然と客は増えるか……）

このブックカフェ楽日は古い『本屋さん』というイメージを覆すほどにスタイリッシュでお洒落な内装になっており、質が高く工夫されたフードとドリンクを出している。

だが、この時代ではブックカフェという概念がまだ一般化していないこともあり、客足が思うように伸びなかった。

なのでガンガン宣伝することが必要だったのだが、店長の入院や本社の新事業否定派とやらの存在（三島さんから愚痴交じりにその存在を聞かされた）により、予算が不足している状況だったのだ。

（そんでもって、春華の可愛さのおかげで良くも悪くも大勢のお客が来て、それがそのまま大規模なブックカフェ体験会になったんだろうな。明らかに固定客は増えているようだし、三島さんもその点は喜んでて何よりだ)

まあ、三島さんにとって春華が過度に注目されるのはやはり胃が痛いらしく、接客の仕事は担当時間を減らしたいようだが……。

「あ、新浜先輩！　二番さんのコーヒーゼリーパフェ二つです！　お願いしますね！」

「お、おお。それじゃ配膳に行ってくるな」

春華が作り終えたスイーツを受け取るが、その眩しい笑顔と『新浜先輩』という呼び方にはやはり照れてしまう。

しかも春華はこの呼び方が気に入ったようで、まるで楽しむかのように連呼してくるのだ。

「お待たせしましたー！　こちらコーヒーゼリーパフェです！」

すっかり自然に出せるようになった営業スマイルでスイーツを提供すると、テーブル席の女子中学生らしき女の子二人は顔をほころばせた。

別にこのスイーツを作ったのは俺ではないが、こんなふうにお客さんの喜ぶ顔が見られるとやはり嬉しい。

（ん……？）

ふと、店の端の方にあるテーブルからトレンチコートの男性が手を挙げているのが見えた。

店員を呼んでいるのは明らかであり、俺は当然の行動としてそのテーブルへと向かった。

その後に起こる嵐のような事態なんてまるで想定せずに、ごく軽い気持ちでだ。

「お待たせしました お客様。どうなさいましたか？」

呼びかけるが、何故かその男性は何も言わなかった。しかも丸帽子を被って俯いているため、その表情を窺うことができない。

よく見るとサングラスもかけているようだが……まさか怪しい人だったりしないよな？

「なんで……」

「はい？　なんでしょう？」

…………ん？　なんかこの声、聞き覚えがあるような……。

「なんで貴様がここにいるううううううっ!?」

「ぎゃあああああああああ!?　と、時宗さん!?」

唐突に店内に出現した親馬鹿社長の声に、俺は心からビビった。

周囲に迷惑にならないように声量は抑えているようだが、そのドスの利いた顔と声音だけで心臓が飛び出てしまいそうだった。

「な、なな、なんでこんなところにそんな格好で……？」

俺も店員としての意識が働いたのか、死ぬほど驚いたものの過度な大声を出すことはなかった。とはいえ正直頭はかなり混乱中だ。

というか、そのサングラスとトレンチコートの不審者セットは何なんですか⁉

一瞬イタリアマフィアのコスプレかと思いましたよ！

「私はただ自分の会社の新店舗を視察に来ただけだ……！　貴様こそどうして春華がバイトしている店にいる⁉」

「あ、いや、それは元々俺が先にここでバイトしていたので……」

怪しすぎて視察に向かないだろその格好……とツッコミたかったが、ぐっと呑み込んで俺は自分のバイト事情をかいつまんで説明する。

元々俺が小遣い欲しさにこの店でバイトを始めたことと、それに影響されて春華もバイトを志して現在至るという、口に出せば単純な説明を。

「な、なんだと……貴様が春華と一緒にいたい一心で同じバイトを始めたのではなく、その逆……？　な、何故だ春華。どうしてこの小僧のことは私に一切話してくれなかったんだ……！」

「ええと……」

ちなみに俺はその答えを春華から聞いている。

彼女曰く『お父様に心一郎君が一緒のアルバイト先にいるなんて言ってしまったら、またよくわからないことを言って騒ぐのが目に見えています！　いい加減、私もその辺は学習しました！』とのことだ。

あの天真爛漫な少女も、思春期らしく父親に全てを伝えないことを覚えたということなのだが、そんな娘の父離れをこの過保護親父に伝えられる訳もない。

ショックでぶっ倒れかねないしな……。

「ええと、その様子だと視察だけじゃなくて、むしろ春華さんが心配でこっそり仕事ぶりを確認するのが主目的なんですよね？　なら安心してください。一応俺も店長代理の三島さんも気を配っているので、セクハラとかナンパとかはちゃんとガードできていますから」

「一番危険度が高い奴がどの口で言う!?　一緒のバイト先になったのは狙ってのことではないとしても、これ幸いと春華の好感度を稼ごうという魂胆だろうが！」

「ええ、それはそうです。一緒の職場で働ける幸運をフル活用するつもりです」

「澄ました顔で開き直るなあああああ！　ウチに来た時にはかなりビビっていたくせに、短期間で私に慣れすぎだろうが!?」

俺の正直な気持ちを述べてみたが、やはり時宗さんはキレた。

でもな時宗さん。あんたの娘ラブはよく知っているが、こればかりは日和るつもりはないぞ。

人生も青春も全てはあっという間で、後悔しない内に行動あるのみというのが一度死んだ身である俺なりの真理だ。

なので、こちとら全く自重する気なんてないんだ。

「まあ、ともかく落ち着きましょう。追加でもう一杯何か飲みますか？　カプチーノやエスプレッソが個人的にオススメですよ」

「ええい、要らんわ！　それより春華のことで――」

「……お父様、何をしているんですか」

不意に聞こえてきた冷たい声に、時宗さんがビクッと硬直する。

冷や汗を流しまくる天才経営者が恐る恐る首を回すと……そこには酷薄な表情で父親を見る春華の姿があった。

声は抑えていたつもりだが、やはり俺と時宗さんのやりとりは目立っていたようで、それが春華の目に留まったのだろう。

そしてトラブルかと仕事を誰かに預けて駆けつけてみれば、そこには何故か父親が座っていたという状況だ。

「は、春華……い、いや、これは……」

「私は言いましたよね。アルバイト先に親が来るなんてとても恥ずかしいからやめてください」

普段は天真爛漫な春華だが、お願いを無視された事に怒っているようでその声音はなかなかに冷たい。

男女問わずため息を吐くようなその美貌(びぼう)は、怒りによって眼差しが鋭くなると、そのまま息を呑ませる迫力へと変わって相当に怖い。

「い、いや、違うぞ春華！　私はお前の職場環境の確認に来たんじゃなく、社長としてこの店の抜き打ち調査に来たんだ！　決してお前の言葉を無視した訳じゃ……！」

「……だったら私がシフトに入っている日以外に来れば良かったじゃないですか？　仮に仕事の都合で今日しかなかったとしても、それを私に事前に言わず身を隠すようにコソコソとお店に来ているのはどういうことなんですか？」

「う、ぐっ……」

時宗さんの誤魔化しに、春華は俺が驚くほどに鮮やかな切り返しで淡々と責めた。

ううむ、以前に御剣(みつるぎ)という腐れイケメンと一悶着(ひともんちゃく)あった時もそうだったが、春華って怒るとかなり切れ味鋭い物言いになるよな……。

「す、すまん……私が悪かった……！　どうしてもお前が心配で社長としての仕事に支障をきたすほどだったのだ！　ぽわぽわした性格のお前がちゃんとやれているのか確認せねばどうにかなってしまいそうで……！」

これ以上の言い逃れは不可能と判断したようで、社長は全面謝罪に踏み切った。

ただまあ、この人のとてつもない娘ラブを知っている身としては、心配しすぎで体調不良というのは嘘じゃないんだろうなぁとは思う。

「……ふぅ、これ以上騒いでもお店の迷惑になりますし、とりあえず許します。もう、心配してくれるのは嬉しいですけど、私だって小さな子どもじゃないんですよ？」

「……言い訳のしようもなく、今回は私が悪かった。た、ただ……本当に大丈夫か？」

時宗さんは席を立ち、春華の肩をグッと押さえてサングラス越しに自分の娘の目を見据えた。

「お前は自覚がないかもしれんが、その愛らしさで客商売なんぞやるとどうあっても変な客やら同僚やらが絡んでくるものだぞ？　本当の本当に問題なくやれているのか？」

まあ、時宗さんの心配もわかる。春華ほどの美少女が客商売をやれば、トラブルを呼びやすいのは事実だろう。

お店側のしっかりしたガードがないと、仕事にならない場合すらある。

「ええ、その辺は全然大丈夫です。確かにそういう時もありますけど、しん……あ、いえ、新浜君や店長代理の三島さんもしっかりと守ってくれていますし、他のスタッフの皆さんも本当によくしてくれています！」

言って、春華は自分の職場を誇るように満面の笑みを見せた。

それはまさに若さに溢れた快活な笑みで、職場に多大なストレスを感じている身であれば出てこないものだった。

「……そうか、ちゃんとやれているんだな。ようやく安心できたよ」

春華の肩に手を置いたまま、時宗さんは寂しさと安堵が交じったような表情を見せた。

おそらく、娘の成長が嬉しいのと同時に、自分の手を離れる寂寥感を抱いているのだろう。

「仕事中に邪魔をして悪かったな。それじゃ今後もよく頑張りなさ――」

「お客さまああああああああああっ!!」

綺麗に話が終わりそうだったその時、スーツ姿のメガネ美人――店長代理の三島さんがもの凄く焦った表情でこの場に駆けつけてきた。

（え、え……？　な、なんだ!?）

突然の乱入に、その場にいた俺達はただ目を丸くするしかない。

そのかなり必死な女性店長代理の視線が向いている先は……時宗さん？

「その手を離してください……！　当店は従業員への接触や私的なお誘いの類いは絶対に許しませんっ！　聞き入れて頂けない場合は警察に連絡いたしますよっ！」

「「「…………………」」」

その顔に使命感と勇気、そして『社長の娘さんに何をしやがってくれてるのよおおおおおおおっ!?』という怒りを如実に表しつつ、三島さんは春華を庇うようにして堂々とその口上を述べた。

そして、その言葉の意味を理解した俺達三人は、何とも言えない表情で固まってしまう。

あー……うん……。

冷静に考えれば、三島さんの行動は決して悪くない。

何せ、時宗さんはサングラスにトレンチコートというテンプレの如き怪しい格好をしており、春華の肩に手を置いて必死な表情で語りかけたりしていたのだ。

傍目からは不審なオッサンが美少女にお触りしながら語気を荒らげているようにしか見えず、むしろ怪しい男から従業員を救おうとしたその心意気は店長の鑑とも言える。

ただまあ、その……とても間が悪いというか何というか……。

「さあ、早く離れてくださいっ！　自分の娘のような年齢の女の子にちょっかい出して恥ずかしくないんですか⁉」

「あ、あの、三島さん……」

「大丈夫よ春華さん！　この怪しい人はちゃんと追っ払ってあげるから！　私に任せておきなさい！」

「い、いえ、そうじゃなくて……！　この人、私のお父様なんです！」

「――へ？」

春華の言葉を聞いた瞬間、三島さんは思考が真っ白になったように硬直した。

それから石像のように固まったまま冷や汗だけがどんどんと流れていき、顔色はマッハで青くなる。ついでに言えば、身体全体がカタカタと小刻みに震えていた。

「あー、その、三島君……」

時宗さんはサングラスを取り、とても気まずそうな声で自分の会社の社員である三島さんに声をかけた。

「こんな顔を隠す格好をしていて本当に悪かったが……その、私は決して不審者ではなく、その子の父親である紫条院時宗だ」

「………………ひゅゎ……」

「きゃ、きゃあ!? 三島さん!?」

ショックがあまりにデカすぎたのか、三島さんは精神のブレーカーが落ちたようにその場に崩れ落ちた。

慌ててその身体を俺が支えるが……い、いかん! 目の焦点が合ってねえ!

「はは……ふふふ……社長を不審者扱いしちゃったぁ……。あはは、終わったぁ……。もうこれシベリアだシベリアー。うふふ、白クマ可愛い……」

「や、やばい! 社長を怒らせたっていう絶望でちょっと壊れてる! しっかりしてください三島さん! こっちに戻ってきてくださいって!」

「み、三島さん! 大丈夫ですから! 私を想っての行動だってみんなわかってますから! だから気をしっかり持ってくださーい!」

心がどっかに飛んでいきそうになっている三島さんに、俺と春華は必死に呼びかける。

もうこうなるとちょっとした騒ぎになるのは避けようがなく、俺は集まってきた他の店員達に、店長代理のマインドブレイクぶりを説明せざるを得なかった。

そしてそんな混乱の背後で——

「ううむ、ここまで恐れられるとは……私ってそんなに悪逆非道な社長だと思われているのか……?」

「いや……『娘に色目を使った奴は海外に飛ばすぞ！』とか言ってるから（三島さん情報）そんなイメージが確立しちゃうのでは……？」

全ての発端である時宗さんがもの凄く申し訳なさそうな声で呟（つぶや）いたのが聞こえ、俺はボソリとツッコんだ。

六　章　バイトと社長の経営戦略会議

「それじゃお疲れ様でーす！　お先に失礼します！」

午後三時を回ってバイト時間が終わり、私服に着替えた俺は仕事の邪魔にならない程度の声でバックヤードにいる同僚達へ挨拶した。

「おう、お疲れー！」

「今日はお前なんか大変だったな……まさか社長の相手をさせられるなんてなあ」

「三島さんが倒れた時にもそばにいて大変だったろ？　今日はゆっくり休めよ」

すっかり馴染んだ正社員スタッフやバイト達が、優しい言葉をかけてくれるのが本当に胸に染みる。

前世のあのクソ職場だと『上司より先に帰るなんて脳みそ腐ってんのか!?』とか当たり前のように怒鳴り声飛んできたしなあ……本当にホワイト企業って異世界だわ。

そんなことを考えながらバックヤードから店内へ出ると、カウンター内で仕事をしている春華を見つけた。俺は今朝開店時からシフトに入っていたため本日はこれで終了だが、春華は時間帯がズレていたためあと二時間くらい勤務がある。

忙しくドリンクを作っている春華とふと目が合うと、彼女は『お疲れ様です！』と言わんばかりの笑顔で俺へ手を振ってくれた。

そんな彼女を見て、カウンター内のスタッフが一様にニヤニヤしているのが気恥ずかしかったが、俺は春華へ手を振り返して笑みを返した。

ええい、新入りバイト達よ。俺と春華を見比べてヒソヒソ話をするんじゃない。

『やっぱりあの二人ってそうなのか……』とか『マジかよあの超美人とあの労働マシーン先輩が？』とか聞こえてるんだよ！

（ふう、とりあえず帰るか……ん？）

ふと店内を見ると、ソファ席に見慣れた二人が対面で座っているのが見えた。

一人は紫条院時宗社長で、もうあの怪しすぎる変装は必要なくなったのか、帽子、サングラス、トレンチコートのないカジュアルなシャツ姿だった。

そしてその対面に座るのは、ショック状態から回復した三島さんだった。時宗さんの質問に、ダラダラと冷や汗を流しながらも懸命に答えている。

どうやら、社長として店長代理に店の経営状況や問題点などの聞き取りをしているらしい。

（よく回復した直後に社長とサシで話したりできるよな三島さん……胃が荒れまくって酒が飲めなくなるんじゃないのか）

結局あの『社長を不審者呼ばわりしてしまった事件』でぶっ倒れた三島さんを休憩室のソファに寝かせた後、店長代理のメンタルの復活には一時間もの時間を要した。

時宗さんは三島さんに対して特に怒ってはおらず、むしろ『自分の怪しい格好のせいで勘違いを招いてしまった』と謝罪し、予定していた店長代理への内情聞き取りも後日にしようと言って帰ろうとしたのだ。

だが、いくら許してもらったとはいえ三島さんとしてはやらかしてしまった感が半端なかったらしく、『いいえっ！　社長の貴重なお時間を改めて頂くなんてとんでもないです！　ご迷惑でなければ是非今から実施してくださぃ……っ！』と必死に引き留め、今こうして調査に対応している訳である。

「ふむ、とりあえず聞きたかった点はこんなところだ。本当に今日は悪いことをしたな。改めてお詫びさせてくれ」

「い、いいえ！　とんでもないです！　わ、私の方こそとんでもない勘違いで無礼なことを言ってしまい、大変申し訳ありませんでしたぁぁぁ！」

「う、うむ……そこまでかしこまらなくていいんだが……まあ、ともかくこれで終わりだ。業務に戻って構わないぞ」

「は、はいいい！　それでは失礼します！」

かなり申し訳なさそうな顔になっている時宗さんに対し、三島さんはガチガチに緊張したまま逃げるように退席する。

「むぅ……本当に怖がられてしまっているな……」

一人になった時宗さんの呟きには若干寂しさがこもっていたが、絶大な権力を持ってる大企業の社長相手なんだから一社員である三島さんの反応はもっともでしょ……という感想しか浮かばない。

「……ん？　新浜君か。もう仕事は上がりかね？」

「あ、はい。今日は朝からシフト入っていたので……」

俺の視線に気付いたようで、時宗さんはこっちへ声をかけてきた。

正直肝が冷えるが、今は春華が絡んでいないせいか面持ちは大分穏やかだ。

「ふむ……そうだな。悪いがちょっと聞かせてもらいたいことがあるんだが時間はあるか？　飲み物くらいはおごるぞ」

「えっ!?」

予期せぬ誘いにいつぞやの圧迫面接を思い出し、俺は盛大に顔を引きつらせた。

ま、まさかここで春華と過度の接触をしないよう圧力をかける気か⁉

「ええい、そうあからさまに嫌そうな顔をするな。ここで春華がどんなふうに働いているのか、君の目から見た感じを教えて欲しいだけだ」

「ああ、なるほど……」

春華本人の口から楽しくやっていると言われたばかりだが、それでも同僚から見てどんな感じで働いているのか知りたいのだろう。

これは春華のストレス面ではなく『生真面目だけどめっちゃ天然なウチの娘がうまく職場で仕事をこなしているんだろうか……？』という方向での心配だ。

「まあ、その程度ならお付き合いしますよ。なんせ、俺は仕事中も仲間内で一番春華さんを気にかけているつもりですし」

「……私と話す時は便宜上仕方がないとはいえ、君が娘を名前で呼んでいるのはなんかこう、男親として心がざわつくな……」

「は、ははは、ま、まあ仕方ないじゃないですか。紫条院さんだと誰のことを言ってるのかわからないですし」

まさか、裏ではすでに『心一郎（しんいちろう）君』『春華』と名前で呼び合ってます——なんて言えるはずもなく、俺は一筋の冷や汗と共にその言葉をスルーする。

まあそんな感じで――俺と時宗さんは春華の近況を語る席を設けることになった。

この人と顔を突き合わせて喋(しゃべ)るのはやはり緊張するが、どうやら本当に職場での春華のことが知りたいだけのようだったし、俺は軽い気持ちで席に着いた。

そう……特に気負う必要のない気楽な一席のはず、だったのだ。

＊

「――とまあそんな感じで、生真面目な点が好意的に受け入れられていて、女性バイトとかとのトラブルもないですね。あとドリンク作りなんかで失敗してしまって涙目になったりもしてましたが……それでも自力で必死にリカバーしていましたよ」

「そうか……正直驚いたよ。カフェとはいえ飲食店はスピード命の職場だ。そんな中で春華がそこまでやれているとはな……」

お喋りを楽しむお客さん達の騒がしい声が満ちる店内で、俺と時宗さんは特に波風が立つ事もなく平和に春華の事を話していた。

ちなみにテーブルに置いてある二杯のスペシャルキャラメルラテは時宗さん自身がカウ

ンターで注文して購入してきたものである。

俺は『いや、注文くらい俺がしてきますよ』と言ったのだが、時宗さんは『何を言っている。私からのお願いで君の時間をもらうんだぞ。お礼の飲み物くらい私が用意するのが当たり前だろう』と言ってさっさと買ってきたのだ。

この辺りの礼儀については本当に尊敬できるんだがなこの人……。

「ええ、俺の目なんてあてにならないかもしれないですけど……春華さんは強くなってますよ。なんというか、自分の意見や行動で戦う事を覚えました」

「ああ、それはそうなんだろうな。何せ、私に対する当たりが以前とは比較にならんほど強い。時にはとんでもなく鋭い視線と言葉でズバズバと斬ってくるしな……」

言って、複雑な面持ちで時宗さんはため息を吐く。娘の成長は嬉しいが、思春期らしく父親に反抗し始めた娘に一抹の寂しさを感じているのだろう。

「とまあ、俺から言えるのはこのくらいですかね」

「ああ、よくわかった。想像以上に君が春華を詳しく観察している点についてはモヤモヤするが……少なくともこれで完全に安心したよ」

聞きたいことは一通り聞けたとばかりに、時宗さんが一息吐いてドリンクを口に含む。

「まあ、心配はもっともですけどこの店ならそこまでトラブルはないと思いますよ。スタッフはかなり良識的なメンバーが揃ってますしね」

「ふむ……なあ、新浜君。やや話は変わるが……この店をどう思う？」

「へ？」

「ブックカフェという形態はまだ完全に一般化しているとは言い難く、社内でも意見が分かれている状態だ。これが今後の本屋の新しいスタンダードとなるのかそうでないのか」

時宗さんは俺が話の内容を理解できると確信しているようで、遠慮なく経営者視点の事情を口にする。

「春華に聞いたが君も本好きらしいな。そしてここでの勤務をある程度経験している……そんな君の目から見てこのブックカフェという店はどう映る？　感想程度で構わないので聞かせて欲しい」

完全に社長モードになった時宗さんが、真摯に意見を求めていた。

どうやら色々と迷うところがあるようで、若者の客観的な感想を聞きたいらしい。

残念ながら俺は純粋な若者とは言い難い存在ではあるが……まあ、それでも聞かれた以上はきちんと答えよう。

「……わかりました。ただの高校生のたわ言みたいな感想ではありますけど、単純に自分の感じていることを言わせてもらいます」

「ああ、その方がありがたい。思うところがあったらどんなことでも言ってくれ」

鷹揚に頷いて、時宗さんが続きを促す。

それじゃ失礼して――

「まず、純粋にこのブックカフェという形態は素晴らしいと思います」

俺は前提として最終的な結論を先に告げる。そしてそれは俺の正直な気持ちだった。

「コーヒー一杯分の値段でたくさんの本が読めるのは本当にお得で、特に金はないけど自由な時間が多い俺みたいな学生にはかなり嬉しいです。あと、やっぱ内装がお洒落なんでかなり居心地がいいです」

「ふむ、高校生男子である君でも店の内装が気になるか？」

「ええ、むしろお洒落な店は地味な人間こそ心惹かれるというか……このポップな内装の店内でお洒落なドリンクを飲んでいると、なんだか自分もお洒落になって凄く優雅な時間を過ごしているような気分になれますからね」

しかもキラキラした女性ばかりのカフェ専門店とは違ってここは書店だ。

陰キャだろうが冴えないオッサンだろうが、堂々と入店してお洒落な雰囲気に浸れるのが許されるのだ。

「あと、こっちはお客じゃなくてバイトとしての意見になりますけど……少なくともただの書店よりもこのカフェ併設の形を増やした方が絶対いいだろうなとは思います」

「……何故そう思う？」

「まあ、単純に客層の拡大ですね」

俺の意見を吟味するような表情を見せる時宗さんに問われ、俺はさらに言葉を紡ぐ。

「書店を求める人、喫茶店を求める人、そして本を読みながら喫茶店でお茶を飲みたい人という三つの需要を満たしていますし、何より店内の本を全部読んでしまえるということは、本屋を探索する楽しみが跳ね上がります。喫茶店を本屋にくっつけただけでここまで足を運ぶ理由が増えるんですから、可能な限り早くこの形を増やしていくべきだと思います」

ついつい社会人としての自分が顔を出してしまい、意見が高校生らしくないところまで及んでいるのは自覚していたが、俺は感じていたことをそのまま口にした。

なにせ時宗さんは俺のようなガキの感想を、極めて真面目に聞いてくれているのだ。こちらも精一杯答えるのが礼儀というものだろう。

「……くく、まったく高校生らしくない意見を口にしおって。私が尋ねたのは楽しいとか不便とか食い物がマズいとか、そういう単純な感想だったんだがな」

言いながらも、時宗さんはニヤリとした興味深そうな笑みを消していなかった。なんだか、えらく面白がっているように見える。

「しかしふむ……『可能な限り早くこの形を増やしていくべき』？　やや妙な言い回しだな。まるで本屋という商売が何かに追われているみたいじゃないか」

そんな言い方になったのは、当然『時代』に追われているからである。

だからこそ、全ては早急に進めなければならないのだ。

「ええ、とにかく急いだ方がいいというのが俺の考えです。何せ、本屋は旧来のスタイルのままじゃどうあがいてもジリ貧になって、とても明るい未来は見えな――」

（――っは⁉）

ふと我に返り、俺は慌てて口をつぐんだ。だが時すでに遅しであり、一気に冷や汗が吹き出す。

（し、しまった……！　つい本音が出すぎた！　よりにもよって時宗さんの前で書店に未来がないとか……！）

これが友達や家族との世間話ならいいが、今俺の目の前にいるのは巨大書店チェーン会社の社長である。

そんな人物を前にして本屋を『ジリ貧』『明るい未来は見えない』なんて口にするとか、喧嘩（けんか）を売ってるに等しい。

い、いかん、時宗さんが肩を震わせて超怒ってる！　いくらなんでも距離感を間違えすぎた！

「く、くはははははははっ！　は、腹が痛い……！　ほ、本屋の社長に向かってよくもまあ本屋がジリ貧とか言えたものだ……！」

「え……」

てっきりキレてるかと思ったが、時宗さんは腹を抱えて爆笑していた。

何やらかなりツボに入ったらしく、うっすらと涙まで流している。

「あ、あの……申し訳ありませんでした。書店チェーンの社長さんにメチャクチャ失礼なことを……」

「くく、慎重な君らしくない失言だったな？　だが私としてはそういう馬鹿正直な意見こそ新鮮だよ。何せ周囲の役員ですらハッキリ言わないことだしな。そして何より耳の痛いことだが事実なだけに怒りは湧いてこん。……だが、そうだな」

そこで時宗さんは面白がるような笑みを浮かべ、俺へ視線を向けてきた。何故か幼いイタズラっ子のように、ニヤリと大きく口の端を広げて。

「詫びる気持ちがあるのなら、もう少し語ってもらうとするか。先ほどの君の様子からし

「ふ……くく……」

て、まだ続きがあるんだろう？　何故本屋がジリ貧なのか理解しており、さらにそれに対する何らかの意見があるようだな」

「え、いや……それは……」

確かに俺も元は社会人の端くれであり、何より未来を知る者だ。

だからこそ書店業に対しての意見がゼロって訳じゃないが……。

「では、新浜君。今からこの本屋の社長にさっき口にしかけた経営戦略の話を披露してくれたまえ。一切の遠慮なく、君の考えをそのまま最後まで述べてみるがいい」

「ちょっ……!?」

ちょ、ちょっと待ってくれ……！　なんかいつの間にか場の空気が変わってないか!?

ここはいつから上司へのプレゼン会場になった!?

「ふふ、商売人にスキを見せてはならんぞ新浜君？　以前から君が見せていた胆力と弁舌は高校生離れしすぎていてこの私が引くほどだったし、三島君からこの店で異様なほどに活躍していることも聞いている。そんな君が何やら私の商売について一言ある様子なんだ。興味を持って当然だろう？」

俺がよく目にする過保護な父親の面ではなく、ビジネスに面白さを見いだす叩(たた)き上げ経営者としての面を色濃くし、時宗さんは上機嫌で楽しげな笑みを浮かべていた。

（ど、どうしてこうなった⁉　大企業の社長相手に経営戦略を語れとか、バイトの残業にしてはハードすぎるだろ⁉）

一介の元社畜である俺に課せられたとんでもない要求に、俺はダラダラと汗を流しながら胸中で悲鳴を上げた。

だがもう……こうなったら仕方がない。

「……わかりました。けど、本当にあくまでちょっとバイトしただけの高校生のたわ言ですからね？　期待なんかしないでくださいよ？」

「ふ、構わんから思ったことを言うがいいさ」

社長に経営戦略を語るという地獄のような状況に追い込まれた俺は、胃がキリキリと痛むのを我慢して声を絞り出した。

そして、そんな俺に時宗さんはやはり機嫌良さそうに応じる。

「社内でも私の方針に反対の者達はいるが、揃って現状維持案しか口にせんから何も刺激がなくてな……。そんな時に君が本屋がジリ貧とか喧嘩を売ってくれて今すこぶる心が躍っているんだ。ふふ、久々に気分がいい」

ちょおおおおおお⁉　喧嘩なんて売った覚えはないですってば！　確かにちょっと失言はしちゃいましたけど！

「ほら、いつまでも狼狽してないで始めてくれたまえ。まず、本屋が衰退の一途を辿るという君の知見はどういう根拠からだ？」

「ええと、それは……まず誰しも感じているでしょうけど、ネットの進化の影響ですね」

もはや腹を括った俺は、所感を語り始める。

未来で成功していた書店業のメソッドを主体として、そこに一サラリーマンに過ぎなかった俺のささやかな知見を加えた意見を。

「現代は若者であればあるほど情報源は本からではなくネットから得ています。花の育て方とか料理のレシピ、辞書や専門書にしか載っていなかった知識も無料でネットに掲載されているのだから、この流れは止まりません。本を読むにしても電子版の割合がどんどん増えていき、紙の本離れが加速します」

とまあ、この程度ならこの時代でも多くの人が感じている流れだろう。

だが近い将来にはさらに決定的な事がある。

「後は携帯電話の進化です。もう少し、本当にあと少ししたら本も動画も全部スイスイ見られる『パソコンのスペックを持つ携帯電話』が登場して、全ての娯楽はそこに集約されます。今まではカバンに入れて持ち運べるのが紙の本の魅力の一つでしたが、その利点を完全に奪われると俺は考えています」

それは当然ながら未来を知っているからこそ予言できることだった。

世界を席巻した最強の携帯デバイス——スマートフォン。

その登場と普及は、もう今の時点で目と鼻の先まで迫っている。

これがもたらす生活様式の変動は凄まじく、電子書籍、動画、ゲーム、ネットサーフィンなどが手の平サイズに収まることにより、紙の本にはさらに厳しい時代がやってくる。

ただ、そんなまだ登場していないスーパーツールについて言及しても、おそらく一笑に付されてしまうだろうが——

「はう？　まあネットの進化は確かにその通りだろう。だが、何でもできて、誰もが持つ小型端末か……ふむ、確かにそろそろ出てもおかしくないな」

「え……」

突拍子もない空想と捉えられてもおかしくない俺の予言を、時宗さんはあっさりと肯定した。

「これから端末がそう進化するのは目に見えている。ネット、動画、電子書籍、高スペックのゲーム……これらをどこでも満足いく形で楽しむためには、常に持ち歩く携帯を高性能パソコン化するというのが自然な発想だ。すでにＰＤＡなどの近い機器があるが、あれの操作性やソフトウェアのインストールが簡易化されたようなものを想像しているよ」

驚いたことに、新しい機器の登場と普及を時宗さんはごく当たり前のように予想していたようだった。

やっぱり賢い経営者って先見の明があるんだな……。

俺なんて生まれて初めてスマホを見た時、こんな板みたいで落としやすそうな携帯を誰が買うんだとか思ってしまったぞ。

「それで？　その予想が正しければますます書店業は厳しい訳だが、そんな不利な状況を前にどう抗うべきだと思う？」

「方向性は二つありますが……まず、本が売れないのなら本以外を売るという案です」

俺がその案を提示すると、時宗さんは少し驚いた表情を見せた。

初っぱなの案から書店という商売を否定しているかのようだが、あくまで高校生の思いつきということで許して欲しい。

「千秋楽(せんしゅうらく)書店でもオンラインショップを設けていますが、これを本だけじゃなくて何でも売るようにする。それこそ家電、雑貨、食料品と何でもです」

「……すでにいくつかそのような業態のオンラインショップが普及し始めているが、それらに倣って我々もまたネットのデパートになれと？」

「はい。ですがオンラインショップの最大手ですらまだ品揃えは完璧(かんぺき)じゃありません。その点、千秋楽書店はあらゆる商品を紫条院グループの関連会社から卸せるはずですし、資本力で話題の商品を仕入れることもできるでしょう。その強みで『およそ買えないものはない』『オンラインショップはこの一店だけで事足りる』という位置まで持っていければ勝ち組になることすら不可能じゃありません」

俺がこの年代においてネットを検索してみて驚いたのは、未来では知らぬ者はいないほどの超大型オンラインショップでも、現段階では商品ジャンルがそこまで多岐にわたっていないことだった。

この状況でいち早く出し抜いてオンラインショップの王座を奪うことができれば、それだけで全ては安泰だ。日本国内で戦う以上、紫条院グループのバックアップがあれば決して夢物語ではない。

「……あれだけビビっていたクセに提案するものはとてつもなくビッグプロジェクトだな。ほぼ商売替えをした上にネットデパート界に乱入して天下を取れとかどれだけ血気盛んなんだ君は」

時宗さんは呆(あき)れた声を返しつつも、密かに口の端を上げていた。少なくとも、社長を退屈させずに済んだらしい。

「だから高校生のたわ言だって言ったじゃないですか。そもそも千秋楽書店ほどの大企業の業態そのものに手をつけるって話なんですから、どうしても話がデカくなりますって」

「ふ、まあ茶飲み話としてはスケールが大きい方が面白いのは確かだ。さて、それでもう一つの方向性とは何だ？」

「それはもちろん、リアルの店舗を活かす方向です。お客さんにとって何度も足を運ぶ価値を作ることが必須だと考えます」

促されて、俺は消えぬ緊張を感じつつさらに案を語る。

というか、さっきから延々とサシで経営のプレゼンをしている俺を誰か褒めて欲しい。

俺が前世で一応社会人だったということを差し引いても、大企業の社長の前で経営戦略を披露するとか、さながら三国志の孔明に軍略を述べてるようで身の程知らず感が半端ない。

「その基本としては、まず本屋の中に別の要素を導入することですね。さっき言った通り、このブックカフェの形式は最もシンプルに人を呼び込める面でもやはり積極的に増やすべきかと」

ただ、客層が悪くて本の汚損が頻発したり地域の年齢層や需要と噛み合わなかったりする場合もあるので、全ての書店をブックカフェ化した方がいいと言うのには躊躇があるが……。

「後は店舗の中にその店の周囲の需要に合わせて色々なものを入れていく事も有効だと考えます。若い女性が行きたくなるような雑貨屋やスイーツ店、運動不足の人が多い車社会地帯にはスポーツジム、高齢者が多い地域には友人を作りやすいカルチャーセンターとか、それぞれの『足を運ぶ理由』を作ってお客を集めます」

本屋に行かなくてもネットで本が買えるのだから、本以外でお客さんが本屋に来てくれる理由を作らないといけない。

そういった方向性で言えば、すでに千秋楽書店ではゲーム、ビデオレンタル、文具などに力を入れた店舗も多く存在している。だがそれらにしても今はいいが、ダウンロード販売やサブスクリプションが普及してくると利益は落ちていくだろう。

今後十年から二十年先の未来まで見越して恒常的に人を本屋に集める——そういう視点だとやはりこんな風な案になってしまうのだ。

「……利便性でネットと競っても無駄だから、体験型施設を極めろということか。その方向性は頭にはあったが、ふむ、導入する要素についてはそこまで自由な考えには至っていなかったな」

「そして、さらにつけ加えますが……このやり方を進めるとブックカフェを中心とした大型商業施設なんかも考えられます」

「ほう、どういうコンセプトだ？」

　何故かさっきから時宗さんの声がどんどん鋭くなっているのが怖いが、俺はプレッシャーに抗いつつ案を述べる。

「つまりは、さっき言った『足を運ぶ要素』を大集合させる訳です。狙う客層によってその組み合わせは変わりますが……スタンダードなところで言えばレストラン、スイーツ店、雑貨屋、ブティック、ジム、エステ、美容院なんかでしょうか」

「それは……なるほど、女性が休日に求める事を全て詰め込んだ構成だな？」

「はい、お腹をいっぱいにして美容も整えて買い物をして、最後はブックカフェで優雅に本を読んで過ごすという『ここに来れば理想的にエレガントな休日が過ごせる』がコンセプトと言えます」

　人はお洒落なカフェでコーヒーを片手に本のページをめくっていると、自分がとてもキラキラした一日を過ごしているような気分になれる。これはなかなかに強力な商品であり、そこをメインにしてその周辺をガッチリ固めた形だ。

「その他、細かい面でも多少の工夫はできると思います。例えば千秋楽書店独自の大賞やランキングを作って本に話題をくっつけるとか。あとは……店員さんや社員にも本好きは多いでしょうし、それぞれの店舗で全く違った『店員のおすすめの本』コーナーとか設けて、そこに熱量がめっちゃ高いコメントを書いたポップを添えておくとかすれば話題になりやすいかと」

「…………………」

時宗さんは黙って俺の話に耳を傾けていた。俺なんぞの話をそんなに真剣に聞いてくれるのはありがたいが、そこまで沈黙されるとなんか怖い……。

「ええと……とりあえずこんなもんですけど、退屈しのぎ程度にはなりましたかね？」

「そうだな。率直な感想を言えば──言ってることがあまりにも的確すぎて最後の方はどんどん恐怖がこみ上げてきた」

「えええええっ⁉」

ちょ、大真面目な顔で言うことがそれですか⁉

語ってみろって言ったのは時宗さんでしょ⁉

「私の気持ちにもなってみろ。『こうしたらいいかも』程度のフワッとした意見くらいだろうと思ったら、どこにでもいそうな高校生の口から長期的な経営戦略を踏まえたビジネス案が次々と出てくるんだぞ。ホラーとしか言いようがない」

「う……」

まあ確かに……高校生でしかない今の見た目と、口にすることにギャップがありすぎてキモいというのはその通りすぎて反論できん。

「だがまあ……だからこそ実に有意義な時間だった。思考停止の現状維持論や、弱腰すぎる小手先の改革案しか出てこない会議に出席しているよりもよっぽどな」

時宗さんは軽く苦笑したかと思うと、不敵な表情を浮かべて口の端を吊り上げた。

心なしか、若干目が輝いているようにも見える。

「問題点の認識は正確で、さらに提示してくれた案には固定観念に囚われない極めて自由な魅力があった。この私が是非最後まで聞きたいと耳を傾けるほどにな」

「いえ、その……恐縮です……」

大企業の社長から惜しみなく贈られる賛辞に、俺は苦笑いで応えるしかなかった。

何せ、今俺が述べた案は当然ながら自分で考えついた訳ではない。

(何もかも未来からのパクリだもんなぁ……褒められるたびに申し訳ない気持ちになってしまう……)

未来において苦境に陥った書店業界で、いかなる形態の店が生き残っていたか。その記憶を参考にして適当なアレンジを加えただけである。

とてもではないが俺の案などと堂々と言えるものではない。

「礼を言うよ新浜君。おかげで私の心も固まった」

「へ……？」

「今君が述べたような本屋の危機とそれに対抗するための案は、実は私も同じようなことを考えていた。だが、それでも社内の現状維持派、株主、紫条院グループが送り込んできた役員達の反対――そういった諸々の要素によって二の足を踏んでいたんだ。……若い頃の私であれば、何より自分の直感を信じて突き進んだだろうにな」

白嘲するような笑みを浮かべて、時宗さんは決然と言った。

その瞳は爛々と輝き、顔付きもまた幾分か若返ったように生気が満ちて見える。

一言で言えば……胸の内に火が灯っていた。

「だが、同じ方向性の思想である君の話を聞いて、私の中で本当に正しい道は何なのか確信できた。やはり何をどう考えても現状維持に徹するなんて狂気の沙汰であり、これからの時代を生き抜くには常に先進的な変化が必要だ」

知らず知らずの内に自らを縛めていた鎖から解き放たれたかのように、時宗さんは晴れ晴れとした顔で言葉を紡ぐ。

「という訳で、君が提示してくれた案も取り入れ、明日からブレーキなしの大改革を実行することにした。反対派どもは火がついたように騒ぎ出すだろうが、一切の容赦なく蹴散らすとしよう」

「えええええええええええっ⁉」

な、なんかメチャクチャ大事になってきた⁉

（ん、あれ……？　そういえば前世で……）

堂々とした決意表明に度肝を抜かれつつ、俺はふとあることを思い出していた。

前世で何度となくニュースになっていた千秋楽書店及び紫条院グループ全体の深刻な経営不振問題。

これについて社長である時宗さんが取材に答えたコメントを。

『決定的なミスは、千秋楽書店における改革案を決断するのが遅れて、それ以降の全てが後手に回ってしまったことだ。そして私が傾いた自社を建て直すのに必死になり、紫条院グループ全体の運営について一族の十分な助けになってやれなかった。悔やまれるとしか言いようがない……』

ネットニュースに掲載されていたのは、確かそんな内容だった気がする。

改革の着手の遅れ。

それが前世における千秋楽書店の凋落の原因であるとしたら……。

（も、もしかして……俺って今、日本の経済界にとんでもなくデカい影響を与えてしまったのでは……？）

「ふ、自分のやったことで大企業が明日から大騒ぎになるのがショックか？　だが君はそれだけの力がある提案をしてくれたし、それがわからぬほどに私は無能ではない。そもそも、私が君に意見を促したのは、色々な意味で奇特な存在である君が私の迷いを払うきっかけになるかもと密かに期待したからだ」

だから真剣に話を聞いたし、それが有益な事だと判断したならば自社の方針に取り入れる事さえする――時宗さんは言外にそう告げていた。

俺に一目置いているのだと、やや遠回しに伝えてくれていた。

「しかしまあ、それにしても……本当に訳のわからん存在だな君は。単に優秀というだけでは説明がつかんというか、行動や発言に年齢に見合わない経験が見え隠れする」

その指摘に、俺は思わずうぐっと呻き声を漏らした。

紫条院家での圧迫面接に続いて二回も高校生らしくない面を見せつけてしまったせいか、時宗さんの俺に対する分析はかなり正しい。

「しかしまあ、それがこうして私に重要な決断をさせるのだから、なんとも奇妙な巡り合わせ――……ん？　ふ、くく……あはははははは！」

「と、時宗さん……？」

ふと一瞬沈黙したかと思うと、時宗さんは何かを思い出したかのように大笑した。

ど、どうしたんだ一体？

「くく、ああ、すまんな。つい滑稽な考えが頭をよぎった。今日のこの席でのことが千秋楽書店にとって重要なターニングポイントとなるとしたら……君こそがこのタイミングでの『救い主』と言えるかも、とな」

「は……？　すくい……ぬし？」

初めて聞く単語に、俺は目を丸くした。救世主とかそういう意味なのは何となくわかるが、どうもそれ以上の意味がありそうな言い方だった。

「ああ、紫条院家に伝わる与太話のようなものでな。まあ、苦しい時の気休めになる神風伝説みたいなものだ」

時宗さんが苦笑を交えて語り出す。都市伝説や迷信のような、ただのツッコミどころが多い笑い話として。

「紫条院家は長い歴史の中で何度も苦境に陥ったらしいが……そのたびに『救い主』とやらが現れて都合よく苦難を払ってくれたり、繁栄への道を示したりしたという話だ。紫条院家が延々と隆盛を保ってこられたのも、そのおかげなんだとさ」

時宗さんは一族へ外部から婿入りしたせいか、その言い伝えを微塵も信じていない様子で苦笑交じりに語る。

「おかげで私が紫条院家に婿入りしてグループ全体の経営不振を救った時、一族の奴らは私をその『救い主』だとか言い始めてな。その時は思わず何言ってんだこいつらみたいな顔になってしまったが」

「…………」

それは、確かに古い家だからこそ残っている気休めの迷信にしか聞こえない。

験担ぎの作り話にしても、あまりに設定とエピソードが雑すぎる。

だが――それが妙に引っかかった。

(紫条院家が苦境に陥った時に現れる……都合よく全てを救う人物……)

まさに時宗さんこそそれを限りなく体現した人だけど……。

「まあくだらん与太話はさておき……私に決意を促してくれた礼を渡さねばな。受け取っておきたまえ」

「え……」

時宗さんは懐から名刺を取り出すと、ボールペンで何かをサラサラと書いて俺へと差し出した。

訳もわからず俺はそれを受け取り、内容を確かめてみると――時宗さんの名前の横に『採用確定証、ただし新浜心一郎本人に限る』と手書きで書いている。

……なんだこれ？　採用？

「平たく言えば千秋楽書店への入社を確約するチケットだ。使うのは高校卒業後すぐでも大学卒業後でも、はたまた転職のタイミングでも好きにするがいい。ただ、私が社長から退いた後だと効力がなくなるので注意したまえ」

「…………………………は？」

唐突に告げられたこの名刺の価値に、脳が一瞬でショートした。

は？　え？　今なんか、俺の悲願を一瞬で叶えるようなことを言わなかったか？

「無論、別に千秋楽書店に来ることを強要している訳ではない。ただ、もし君が望むのなら将来ウチの会社で働けるように取り計らうという話だ」

「え、いや……冗談……ですよね……？」

希望に縋り付きたい気持ちと、そんな都合のいいことがありえる訳ないという気持ちがスパークし、俺は乱れまくる内面を抱えて震える口を動かす。

「いいや、冗談ではない。君の能力と胆力は認めざるを得ず、人材として魅力的だ。以前に家で話した時、君はホワイト企業を熱望していたし、私も未来の社員が確保できて同時に君への礼にもなる。我ながら双方良しの理に適った報酬だと思うが」

時宗さんの顔は至極真面目であり、冗談の色は一切ない。

付き合いは決して長くないが、こんなことで嘘を言うような人ではない。

となれば、これは――

「い……いよっしゃあああああああああああ！　ホワイト企業だあああああああ！」

俺は椅子を倒す勢いで立ち上がり、時宗さんのみならず周囲の客までビックリさせてしまうほどに絶叫した。春華以外のことでここまで感情が爆発するのは、もしかしたら初めてかもしれない。

や、やった……！　やったぞ……！　俺が調べた限りでも最高のホワイト企業と名高い千秋楽書店……！　その入社チケットが今俺の手にある……！

「ありがとうございます！　ありがとうございます……！　お、おお、おおおおおおおおおおおおお……！　これで……これで俺はもうブラック企業に行かなくていいんだ……！内臓ボロボロで血のションベンを出したり、悪夢にうなされて髪の毛がごそっと抜けたり、上司の顔を見るたびに胃液が逆流したりする場所とは無縁になれる……！」

「なんだその地獄の拷問所みたいな企業は……と言いたいところだが、そういう職場がないかと言えば確かにあるな……」

余りの嬉しさにタガが外れたように叫ぶ俺に呆れつつも、時宗さんはしみじみと言った。

ええ、あるんですよそんなクソ職場が！　俺なんか結局そこに殺されちゃったし、正直、今すぐに社屋ごと爆破しておいた方が世のため人のためだと断言できます！

「謹んで受け取らせて頂きます！　それに……嬉しいですよ！　時宗さんみたいな凄い人からここまでしてもらえるなんて！」

「おいおい、おだててもこれ以上は何も出ないぞ」

完全に舞い上がった俺は、苦笑する時宗さんに人生でも最大級の笑顔で何度も頭を下げる。実際、ホワイト企業を渇望していた俺にとっては号泣ものの報酬だ。

それに——それとは別にもう一つ嬉しいことがある。

「それに……こうして時宗さんが俺のことを認めてくれたのも嬉しいんです。何せ、それだけ俺を春華さんに相応しい男として認識してくれたってことなんですから！」

「はあああああああああああああ!?　ちょ、おいこら、待て小僧!?」

俺が歓喜の言葉を口にすると、時宗さんはクールな社長の顔を一瞬で放り投げ、馴染み深い親馬鹿親父の顔に戻った。

「いきなり何を言い出す!?　君の能力は認めるし今日のことは感謝しているが、それとこれとは全く別問題だ！　調子に乗るんじゃない！」

「はははは！　ともかくこのチケットは大学卒業後にありがたく使わせて頂きます！　その時は平社員としてよろしくお願いしますね！」

「人の話を無視するなあああぁぁぁぁ！　というか君はもうちょっと私に対して緊張しろ！　最初に会った時のあの今にも吐きそうな顔で震えていた君はどこへ行った⁉」

完全に浮かれまくった俺に、時宗さんがキレ気味に叫ぶ。

だが、そんなもので今俺が抱く無敵の多幸感が揺らぐはずもなく、ただ迸る喜びを表すように俺はニッコニコの笑みを浮かべた。

ふはははは！　さらばだ我が前世の忌まわしき過ちであるブラック企業！　もうお前に会うことはない！

＊

「…………」

「…………」

このブックカフェ楽日の店長代理である私――三島結子と、あり得ないレベルの美少女バイトである紫条院春華さんは、揃って言葉を失っていた。

今私達は、お店のホールで柱の陰にコソコソ隠れているという非常に奇異な状態であり、周囲のお客さんからも不思議そうな目で見られてしまっている。

けど、私達がこんなかくれんぼみたいな真似をしているのには訳があり、ここから少し離れた席で向かい合って座っている社長とバイトの新浜君を注視していたのだ。

事の始まりは十数分前——紫条院時宗社長と私がサシで行った実情調査が終わった後のことだった。

自社の最高権力者から鋭すぎる質問をポンポンと投げかけられるのは本当に拷問であり、私は下着を替えたくなるくらいに冷や汗をかき、胃は排水溝みたいにギュルギュルと音を立てて荒れた。

けどその地獄タイムもようやく終わり、私は這々(ほうほう)の体(てい)で仕事に戻ったのだけど——ふと見ると、本日のバイトが終わった新浜君が社長に捕まっており、二人で何やら話し込んでいた。

『ま、まさか……本社に何のしがらみもないバイトに実情を聞いて、店長代理が普段どんなふうに仕事しているかの調査⁉　ぎゃああああ！　も、もしかしてこれって私の降格フラグ⁉』

最悪な想像をしてしまった私は、何を話しているのか探るべくついつい二人の近くの柱の陰に隠れてしまったのだけど——なんとそこには春華さんという先客がおり、二人の会話を険しい顔で聞いていたのだ。

私はびっくりして、一体何をしているのかと聞いてみたのだけど――

『三島さん、お仕事中なのはもちろんわかっていますけど、少しだけ許してください！ お父様が新浜君を呼び止めてまた何か変なことを言うつもりだとしたら、私は家族として止めないといけないんです！ もう、毎回毎回、私がどんなに申し訳ない気持ちになっているか……！』

と、温和でぽややんとした春華さんにしては珍しく、小声でありながら憤然とした様子で答えが返ってきたのだ。

社長が娘を溺愛しているのは社内でも有名だが、この様子だと春華さんはありがちなワガママ令嬢ではなく、父親への反発心を持つ真っ当な少女に成長しているらしかった。

そして、それぞれの事情により新浜君と社長の会話に揃って聞き耳を立てること十数分――その間、私達は驚愕と困惑が深まる一方だった。

（？？？　え、いや……え？　一体何がどういうこと？　何で高校生でしかない新浜君があんなにもスラスラと我が社の経営戦略を語って、社長は多少驚きつつもそのことを普通に受け入れてるの？）

「あ、あの……三島さん……私、わからない部分もたくさんあったんですけど……新浜君って今、もの凄く難しいことを語ってませんでしたか？」

「ええ、難しい話よ。私も普通に聞き入っていたもの」

あどけなさが残る少年から語られた経営戦略に、私も春華さんも驚きを隠せずに小声で囁き合う。

「私も含めて、本社の社員でもあんなにキッチリ語るのは難しいことよ。実際、社長も本気で感心されてるみたいだしね」

「そ、そうなんですか……!?」

もちろん、私だって時間をもらえればある程度の経営戦略案くらいは提出できる。けどどうしても無難で冒険が少ない案になってしまうだろう。

その点、新浜君は恐れ知らずと言うか、『本だけを売る商売はもう無理』という本屋に対する禁句を前提として、抜本的な商売替えに近いレベルでの提案をしているのだ。

語る内容もさることながら、その豪胆さに私は感心してしまう。

人企業の社長を前にしてそんなことを堂々と語るなんて、心臓が鋼鉄すぎる。

「本当に新浜君は凄いんですね……お父様と仕事の話ができるなんて……」

春華さんの口から漏れた感嘆の声は多分に尊敬も交じっていたけれど、それ以上に嬉しさや誇らしさが滲んでいた。

「……ふふ、心一郎君、格好いいです……」

春華さんの視線は熱を帯びて新浜君へ向いていた。

大企業の社長である彼女の父親と大人顔負けの話をしている新浜君をぼーっと眺めている少女の横顔は……まるでほんのりと色づいた苺のように甘酸っぱく、純粋かつ淡い感情を湛えているのが一目でわかる。

（うわぁー……美少女の恋する顔って初めて見たけど破壊力凄すぎ……。なんかもう、可愛いとか綺麗とかを超越して、心がこの瞬間を尊ぶような感覚が溢れてきちゃうわ……）

しかも本人は気付いていないようだけど、呼び方が無意識に『心一郎君』になっている辺り青春エモーショナルポイントが高い。

（はぁ……アラサー独身女には超絶美少女のアニメみたいな青春模様が目の毒すぎて、思わず人生を考えてしまうわ……）

「……でも良かったです。お父様としん……新浜君が仲良く話せているみたいで」

「え？」

「以前、新浜君を私の家に招待したことがあるんですけど、お父様はその時から何故か新浜君に厳しいんです。お母様は反対に大はしゃぎでしたけど……」

「はっ⁉　家に招待⁉」

え、ちょ、彼氏を家に呼ぶのはまだしも、いきなり両親に会わせたの⁉

というか……日本でも指折りの名家かつ過保護全開パパの社長がいるお屋敷に訪問とか、新浜君のメンタルが木っ端微塵になったんじゃ⁉

「だから嬉しいんです。あの二人があんなにも和やかに話せているのが。何度か顔を合わせる内に、ようやくお父様も新浜君を認めてくれたんだなって」

柱の陰からそっと父親と彼氏の様子を窺い、春華さんは本当に嬉しそうに微笑んでいた。

春華さんにとっては心の底からほっとする光景らしく、その表情には不仲だった家族が和解したような安堵と喜びがあった。

（しかし、新浜君もつくづく果報者ね……その辺のアイドルなんて目じゃないほどに綺麗な春華さんがこんなに健気に想ってくれて、何だかんだで紫条院のお家にも認められてるみたいで――はっ⁉）

瞬間、私の脳裏に閃くものがあった。

新浜君という存在に何度も抱いていた違和感。

その全てを説明できる天啓が私へと舞い降りたのだ。

（そうよ……よく考えるまでもなく新浜君の存在はおかしいわ。どう考えても一般家庭の普通の高校生じゃない……）

そもそも、超絶セレブな紫条院家の令嬢である春華さんが普通の男の子と付き合っていることがおかしい。

現代における貴族のような一族なんてどう考えても家柄や財力を気にするだろうし（よく知らないけどきっとそう）、そこのお姫様が普通の恋愛ができるとは考えにくい。

（なのに、新浜君はすでに紫条院家で社長と奥様に挨拶(あいさつ)までしてる……）

しかも新浜君本人は信じられないほどに優秀で、他人の感情を察して誘導する術に長けている。ぶっちゃけ、明日(あした)から正社員にしても問題ないくらいだ。

かと思えば妙に常識外れなところもあり、普通の子とは感覚がズレまくっている自分に気付いて妙なショックを受けていたりもする。

（そんでもって、マクロな視点で大企業の経営戦略を語れる優秀さ……そんなもの、未来を予知しているのでもなければ、一朝一夕で身につく訳がない……）

これらを総合して考えると、新浜君の正体とは――

（紫条院家に一目置かれるほどの名家の出身で、幼い頃から厳しく帝王学を叩き込まれたエリート……！　春華さんとは彼氏彼女なんて可愛い関係じゃなくて、幼い頃からの許嫁(いいなずけ)だったのねっ‼）

真実に到達してしまった私は、導き出された答えに瞠目(どうもく)した。

ド庶民の私は新浜家なんて聞いたことがないけど、きっと上流階級では名の知れた名家なのだろう。

　新浜君の高校生を逸脱しすぎているあの優秀さも、春華さんという社長令嬢と交際できている理由もそれなら全てつじつまが合う。

（社長が新浜君に厳しいっていうのは娘可愛さもあるだろうけど、きっと彼が紫条院家の婿に相応しいかを試しているんだわ……！　新浜君がここのバイトに来たのも、学生の内から婿入り先の会社に慣れるためだとすれば説明がつくし！）

　……ん？　ちょっと待って、だとすると……。

（新浜君が社長の義理の息子になるのなら……将来次期社長として千秋楽書店を継いでも全然おかしくないじゃない……っ⁉）

　その予感に、冷や汗がどっと溢れた。というか今日は一日で十年分くらいの冷や汗を流している気がする。

（や、ややややヤバいわ！　私ったらあの子が何でもできるからってメチャクチャ仕事振っちゃったし！　十年後くらいに報復人事で定年まで延々と地下で資料整理とかさせられるんじゃ……！）

　未来に埋まっているかもしれない地雷に、私は頭を抱えてアワアワと懊悩した。

　春華さんといい、社長といい、新浜君といい、何故紫条院家の関係者はこの一社員に過

ぎない哀れなアラサー女にトラップを仕掛けるのか⁉

「あ、あの……三島さん？　何だか急に慌てたり落ち込んだりしていますけど、一体どうしたんですか……？」

気付けば、隣にいた春華さんがとても清らかな瞳で心配そうに私を見ていた。

うん、やっぱりこの子は本当に可愛い。新浜君が全身全霊で入れ込むはずだ。

「春華さん……その、後で新浜君に伝えて欲しいんだけど……」

「は、はい？」

「三島が『今まで生意気言って申し訳ありませんでしたぁぁ！』と頭を下げていたって……」

「ええええええっ⁉　な、何を言っているんですか三島さん⁉　気持ちをしっかり持ってくださーい！」

春華さんがいよいよ本気で私のメンタルを心配し始めた声を聞きつつ、相手がビッグだとわかれば間髪入れずにワビを入れようとする自らの浅ましさに、私はそっとため息を吐いていた。

七章◀悪夢とカフェデート

「ふぅー……ちょっと疲れました……」

学校の昼休みの食堂で、春華は焼き魚定食を前に肩を落としていた。

「まあ、なんか最近バイト漬けですもんね春華」

「春華だから絶対に仕事に手を抜いたりしてないだろうしねぇ」

「というか新浜はなんでピンピンしてるんだ？　文化祭の時も思ったけど、お前なんか疲労を感じる機能が壊れてないか？」

春華の傍らにいる風見原と筆橋がお疲れ気味の少女を労い、男友達の山平銀次が俺に対して微妙に失礼なことをのたまった。

（しかし……この五人でいる時間も増えたもんだな）

夏の海行き以来、俺達は自然と五人グループみたいな形が多くなった。

別に毎日一緒にメシを食ったりしている訳ではないが、今日のように俺と銀次が食堂でメシを食ってたら三人が合流……というパターンも割とある。

女子に免疫がない銀次は最初こそ『ど、どどど、どうすりゃいいんだ新浜⁉　俺ってこの場にいちゃ駄目だろ⁉』などと狼狽していたが（一緒に海まで行っておきながら何を言ってんだこいつとは思った）、最近は多少慣れてきたようでなによりである。

「いやー、それにしても『いらっしゃいませ事件』は衝撃的でしたね。あれで笑わないのは無理でしょう」

「あれはねぇ……春華には悪いけど笑いを抑え込むの無理だって」

「も、もう！　あの時のことは禁句だって言ったじゃないですか！　もの凄く恥ずかしかったんですから思い出させないでくださいー！」

顔を真っ赤にして抗議する春華の顔を見ながら、俺は昨日の悲劇を思い出していた。

最近のバイトで疲れていた春華は昨日はずっと眠そうな顔をしており、目もトロンとなっていた。そして、そんな意識レベルが落ちていたバイト少女は、先生が教室に入ってきた際に条件反射で『はっ！　い、いらっしゃいませー！』とスマイル付きで叫んでしまい、皆にめっちゃ笑われたのである。

「まあ気にするなよ春華。客商売の店員をやっている人にはよくあることだって」

「も、もう！　そう言いながら心一郎君だって笑いを嚙み殺していたじゃないですか！」

そうやって頬を染めて抗議してくる春華が可愛くて、俺はつい顔をほころばせてしまった。疲れた春華も恥ずかしがる春華も、全部が愛らしい
なお、俺達が名前呼びできているのは、ここが騒がしいこと極まりない食堂だからである。こうまで騒々しいと隣のグループの会話なんてほぼ聞こえず、教室のように気を遣う必要がなくて本当に助かる。

「しかし新浜と紫条院さんが名前呼びしているのを聞くと、未だに顔がムズムズしてくるな……」

俺の隣にいる銀次がしみじみと言い、風見原と筆橋は『わかる』とばかりに頷く。

女子二人にバレた以上銀次に隠す必要もなく、俺達の名前呼びはカミングアウト済みなのだが……その時もやはり交際が始まったのかと勘違いされてしまった。

『名前呼びで付き合ってないってお前……そういうギャルゲーみたいな寸止め状態を現実でやる奴がまさか身近にいるとは思わなかったぞ』

などと呆れ顔で言われてしまい、結構グサッときたものだ。

「でもまあ、バイトを始めてから春華は逞しくなりましたよね。なんというか、人と話す時の度胸がついた感じです」

「そ、そうですか？　自分ではそこまで変わったつもりはないんですけど……」

「いや、絶対変わったって！　クラスの皆と話す時とか凄くハキハキになってるよ！」

二人が言う通り、確かに最近の春華は喋り方も応対も上手くなっている気がする。

例えば、授業中に班で話し合わなくちゃいけなくなった時なんか、『じゃあ私から意見を言っていきますね！』などと、物怖じせず率先して発言して場の空気を円滑なものにしていた。

また、先日に他のクラスの女子と春華がトラブルを起こした時も驚いた。

廊下でぶつかったその女子生徒は元々春華が気に入らなかったようで、憤慨した挙句に『あんた、どうせ他の女子のことなんて馬鹿にしてるんでしょ！』とヒステリックに叫んだ。

それに対して春華は一瞬顔を強ばらせたものの、『いいえ、そんな訳ありません！　何の根拠もなく変なことを言わないでください！』と即座にハッキリと反論して、自力でその女子を撃退したのだ。

(以前の春華だったら困り果てて固まってしまうような場面でも、しっかり自分の意見を言えるようになってきたな……なんかもう、成長が凄い)

あるいは……今まで友達がおらず学習機会が乏しかっただけで、アルバイトなどで対人対応を山のようにこなすことによって急速にコミュニケーションスキルが上がっているのかもしれない。

「いや、本当に凄いよ春華は。普通はちょっとバイトしたくらいであんなにも人との喋り方が上手くなったりしないって」

「そ、そうですか……？　ふふ、心一郎君にはまだ及びもつかないですけど、そう言ってもらえるのは本当に嬉しいですね」

まるで母親に褒められた幼い子どものように、春華は照れながらも屈託のない嬉しそうな笑顔を見せた。あぁ……可愛い。

「ところでさぁ……春華と新浜君ってバイト先でどうなのぉ？」

ニヤニヤ顔の筆橋が、ねっとりとした声で春華に囁く。

「え？　その、どうというのは……？」

「ふふ、新浜君は春華の指導係になったって話じゃないですか？　それはさぞつきっきりで濃密な指導があるんだろうなぁと」

ちょ、おい!?　風見原まで俺のいる前で何を聞いてるんだよ!?

「ええ、それはもう！　いつも手取り足取り教えてもらっていますよ！」

「「おお!?」」

ちょ、春華！　いくらなんでも言い方ぁ！

って、おい、そのジト目はなんだよ銀次！　俺が純粋な春華に指導と称してベタベタし

ているとでも思ってんのか⁉

「いえもう、心一郎君は凄いんですよ！　この間も私と一緒に接客していた時に――」

「「時に⁉」」

頬を赤らめて語る春華に、女子二人は興奮した顔で身を乗り出す。

「なんと！　二人のクレーマーを同時に相手にして落ち着かせたんです！　あれはもう神業と言っていいです！」

「「……は？」」

「他にも凄さを思い知らされてばかりです！　お客さんが大勢押し寄せても機械みたいに最低限の動作だけで捌いていったり、メニューとそのトッピングの種類と価格を全部暗記していたり！　バイト先では労働マシーンとか呼ばれてるんですよ！」

「それ褒め言葉なの……？」

「そう言えば文化祭でも新浜君はタコ焼きマシーンと化してましたねー」

春華はキラキラした瞳で何故か誇らしげに語り、筆橋と風見原は肩すかしを食らったかのように気の抜けた言葉を漏らした。

「それに……そういう能力的に尊敬できることを除いても、心一郎君と一緒に仕事するのは楽しいですね。二人で同じ作業なんかしていると、なんだか妙に嬉しくなるんです」

「あれあれ？」

「おやおや？」

胸中を吐露するように静かに語りだした春華に、二人は『流れ変わったな』と言わんばかりに頬を緩めた。

「とても面倒な本の整理作業も、二人でやるとちっとも大変だと感じないんです。むしろ、もっとこの時間が長く続けばいいなとまで思ってしまいます」

「え、いや……春華？」

さらっと凄いことを言い始めた春華に、俺は冷や汗をかいた。

「一緒にレジカウンターで仕事したこともありますけど、何だかとても気持ち良かったですね！　心一郎君が接客して私がドリンクを作って、どんどん来るお客に協力して対応していって……二人で力を合わせているんだって思えるほどに、心が喜んでいっているのが自分でもわかりました！」

なんの照れも躊躇（ちゅうちょ）もなく、春華はただ素直に自分の心中を朗々と語る。

もう何度目かは忘れたが、またしてもその天然さで純粋な自分の想いを口にしていく。

（あ、ありがたいけど勘弁してくれ春華！　顔から火が出そうだってば！）

春華の幸福そうな笑みが深まるほどに、筆橋と風見原の顔がニマニマして辛い。

銀次の奴まで生温かい笑みを浮かべているし、いつの間にか俺だけが一方的に恥ずかしい状況になってる……！

「そんな感じで、みっちりと指導してもらいながらも楽しくやれている感じなんです！いつもありがとうございますね心一郎君！」

「お、おう……」

五分近くも延々と俺と一緒に仕事した時の感想を語った春華は、すっかり茹でダコになった俺へと輝く太陽のような笑みを見せる。

それは本当に朗らかで心が揺さぶられるほどに綺麗で——友人達のニマニマ視線に晒され続けて限界になっていた俺の羞恥心に対するトドメでもあった。

ああもう、本当に……どこまで可愛いんだよこの天然娘は……。

＊

「ふぅ……そろそろ寝ますか……」

自室の照明を消し、私こと紫条院春華はベッドに身を沈めた。

体重の全てを預けた瞬間に身体全体が浮遊感のようなものを感じてしまう辺り、やっぱりかなり疲れているようだった。

（やっぱり学校とアルバイトの両立は楽じゃないですね）

けれど、この疲れはどこか心地よい。

学校でもアルバイトでも、私は今とても自分らしく自分を燃焼できているからだ。

とても心が軽くて、毎日がとても楽しい。

（本当に、私の生活は一変しました……）

半年前、活動的になった心一郎君と仲良くなってから、私の周囲はとても温かくてキラキラしたものに変わっていった。

お昼を一緒に食べたり他愛ないことを一緒に話したりする友達がいて、クラスメイト達との間にあった溝が消えて、怖くて辛いことがどんどん遠ざかっていって——

そして何より、心一郎君がいてくれる。いつも私を助けて、優しく笑いかけてくれるととても素敵な男の子で、一緒にいると私の心はどんどん幸せになっていく。

（本当に……今が幸せで幸せで……）

ありえないほどに理想的となった今を噛みしめながら、意識は徐々にまどろんでいった。

（まるで、優しい夢を見ているみたいです、ね——）

その思考を最後に、私は眠りの世界へと沈んでいった。

ふわふわと温かい気持ちのまま――ただ無邪気に優しい明日(あした)だけを想って。

＊

そこは、光のない場所だった。

上下左右の全てが塗りつぶされたように真っ黒で、前も後ろも区別がつかない。

踏みしめる地面すらはっきりとした輪郭はわからずに、ただ深すぎる暗闇だけがそこにはあった。

その中で、私は死に物狂いで走っていた。

走る。走る。走る――恐怖と絶望を抱えて、暗闇の中でただ必死に逃げる。

もう息は上がって肺は酸素を求めて干上がっており、肉体は酷使に悲鳴を上げて今にもバラバラになってしまいそうだった。

けれど、それでも足を止めることはできない。

立ち止まってしまえば、すぐにでも追いつかれてしまうだろうから。

私の全ては、ここで全部が終わってしまうだろうから。

(――――っ!!)

およそ何もないはずのこの空間に、ひたひたと足音が響いた。

足を止めずに振り返ると、私を追っている何かが見えた。

暗闇に紛れているため、それはどんな姿をしているのかわからない。

けれど、人形のようにゆっくりと足を進めているそれが、私を追っていることだけは理屈抜きで理解できた。

恐ろしさから逃れたい一心で、私はさらに走るペースを上げた。

私は私を守るために、追いすがるものを必死に拒絶する。

けれど、追ってくる何かと私の距離は広がらない。

振り返れば、追ってくる何かは私から少しも離れていない。ゼンマイ仕掛けの人形のように機械的でゆっくりした動きなのに、常に私は捉えられている。

それは、決して逃れられない運命とでも言うかのように。

恐怖に涙を零しながらも、なお私は走った。

もう何もかも限界なのに、どうしても、どうしても止まることはできない。

私は、この幸せな日々をどうしても――

（……っ⁉）

不意に、私の目の前に人影が立ち塞がった。

さっきまで私の背中を追いかけていたはずの何かが、何故か目の前にいる——

そう理解した瞬間、伸びた手が私の視界を覆った。

細い指に顔を摑まれて、私は暗闇の中に倒される。

必死にもがくけれども、私を摑む冷たい指は離れない。それどころか、地面は形を失って私の身体を底なし沼のように呑み込み始めた。

闇に沈んでいく感覚に、私は恐怖して泣き叫ぶ。

けれどこの何もない空間には、その声を聞く人なんて誰もいない。

そうして、私は悲嘆の声を上げることすらできない真っ黒な泥沼に沈んでいく。

自分が終わっていくその絶望的な感覚の中で——

私の顔を摑んで闇に沈めるその存在の輪郭が、微かに見えた気がした。

背にまで届く長い髪が——暗闇の中で翻るその様が。

＊

「……はっ……!?」

私こと紫条院春華は、苦悶に耐えかねるように目を覚ました。

常夜灯のみが灯った自室の天井がぼんやりと視界に映り、世界がいつも通りの姿であることに心底安堵した。

「ハァ……ハァ……」

思わず胸を押さえてしまうほどに、息は乱れていた。

サイドテーブル上の時計を見るとまだ夜中だったけれど、眠気は完全に消し飛んで目が冴えてしまっていた。

（なんだかとても怖い夢を見た……ような……）

夢の内容は霞がかかったように朧気だけど、その恐怖は色濃く残っていた。

得体の知れない何かに、追っかけられていたような……。

（……ちょっと、疲れすぎているのかもしれませんね……）

怖い夢を見て目を覚ましてしまうのは誰しもあることで、私も初めてという訳じゃなかった。けど今回は疲労が溜まっていたせいなのか、特に不気味でショックが強い。

気付けば全身に汗をかいており、パジャマは湿っていた。さらに心臓はドクドクと早鐘を打っており、収まる気配がない。

（ああ……困りました。明日はまたアルバイトなのに……）

呼吸は少し落ち着いてきたけれど、気持ちを整えて失ってしまった眠気を取り戻すには時間が必要なようだった。

(寝不足の顔なんて見せたら、心一郎君に心配されてしまいます……)

荒れた肌や疲れた自分を、彼に見せたくはない。

そんなことを考えながら、私は少しでもまどろみに近づこうと目を閉じた。

＊

「うーん美味しいです！　ウチの店のごはんってとってもいいお味ですね！」

バイトの昼休憩の時間。

ブックカフェ楽日のテラス席で、俺と春華はコーヒー、ローストビーフサンドイッチ、スコーンを広げて昼食をとっていた。

従業員が客席で休憩するのは日本だと割と珍しいことだが、ウチの店では『実際にテーブルで食事をとると客目線で気付くことがある』として、お客が少ない時のみという条件付きで推奨されているのだ。

もっとも、流石に客からの目があるので制服のエプロンは脱いでいるが。

「ああ、美味いな。これがタダなんだからありがたい話だよなぁ」

ふかふかのパンと、グレイビーソースっぽいもので味付けされたローストビーフの組み合わせに舌鼓を打つ。

この店の従業員はコーヒーが無料という特典があり、さらに廃棄予定の軽食などは希望者が休憩時間に食べたり持ち帰ったりすることが許可されている。

常に金欠な学生には実にありがたい。

（しかし……二人してカフェでランチとか、なんかデートみたいだな……）

実態としてはただのバイト仲間同士の昼休憩なのだが、まるで私的に春華と休日のランチを楽しんでいるかのような錯覚を抱く。

「ふふ、こんなに晴れた日にオープンテラスでランチなんて、とっても気分がいいです！お仕事中だということを忘れちゃいそうですね！」

満面の笑みでサンドイッチを頬張る春華は、初めてキャンプにやってきた子どものように無垢な喜びを見せていた。

大金持ちのお嬢様なら庶民的なカフェでのランチなんてささやかなことだと思うが、春華はあらゆることに喜びを見出して嬉しそうに笑うのだ。

（くぁー可愛い……。本当に春華ってちょっとしたことで心から嬉しそうにするよな。見ていて本当に癒やされる……）

　もう何百回思ったかわからないが、この少女のピュアさは本当に国宝指定にしてもいいんじゃないだろうか。

「しかし、春華はかなりがっつり働いているみたいだけど、大丈夫か？　俺も人のことは言えないけど、かなりシフトを入れてるだろ。無理をする必要なんて全然ないんだぞ？」

　社会勉強のためにバイトを始めた春華だが、やっぱりというかなんというか生真面目な彼女は、今月はすでに相当な時間を働いているのだ。

　前世が前世だったせいで、俺はどうしてもその疲労度が気になってしまう。

「ええと、その……何だか働いてお金を稼いでる自分が嬉しくて、ついつい多めのシフトを入れちゃったんです。ただ、身体は全然元気ですよ！　学校でも居眠りなんてしてないですから！」

「いや、『いらっしゃいませ事件』……」

「あ、あれはアルバイトを始めたばかりの頃だから例外です！　ノーカウントを主張しますー！」

　顔を赤くしてムキになる春華というのは珍しくて愛らしく、俺はつい相好を崩してしまう。こうして向かい合ってランチしながら可愛い春華を堪能（たんのう）するのは、実は世界一贅沢（ぜいたく）な時間ではないかとすら思える。

「はは、悪い悪い。まあ、確かにあれ以来居眠りとかはないけど、今朝はなんか凄く調子悪そうだったろ？　ちょっと気になってさ」

高校生の若さがあればある程度の疲労は無視できるからこそ、この真面目の申し子みたいな少女が無理していないかが俺は心配なのだ。

本人には言えないが、前世の春華はそれで破滅してしまったのだから。

「ええと、実は……昨日は夜中に凄く怖い夢を見てしまって、朝まで殆ど眠れなかったんです。それで今朝は辛くて……」

「怖い夢……そんなにキツい感じだったのか？」

「ええ、内容ははっきり覚えていないんですけど……とにかく凄く真っ暗なんです。月のない真夜中みたいに光がなくて何も見えなくて……」

春華が語る夢の内容に、俺は少なからずギョッとした。

「そこで何かに追っかけられていて……捕まってしまった瞬間に目が覚めました」

「おいおい⁉　全然大丈夫じゃないだろそれは⁉」

俺は思わず声のトーンを上げてしまった。何せ、忙しさの中で悪夢を見るというのは俺自身が嫌というほどに経験したことだからだ。

暗闇の中をさまよう夢、何かに追っかけられる夢などは心理的な圧迫を受けている時によく見るやつであり、当然ながらその原因はストレスにある。

本当にこの娘は学業もバイトもクソ真面目すぎる……！

「それはどう考えても働きすぎだって！　あとで三島(みしま)さんに相談してシフトを減らしてもらった方が絶対いい！」

「そ、そうなんですか？　いえ、私はそこまで辛くは――」

「はい、ダメー！　それって意識上では平気と思っていても無意識の内に疲労が溜まっているパターンだよ！　初バイトなんだからもうちょっと加減して……ん？」

俺がまくし立てると、春華は軽く吹き出してふふっと笑った。

その予想外の反応に、つい勢いが削がれてしまう。

「あ、ごめんなさい。なんだか懐かしいなって……初めて心一郎君と学校から一緒に帰った日も、私を心配して色々と必死に言ってくれましたよね」

「あ、ああ……何だかもう随分と昔のことのように感じるけど……」

それはタイムリープで人生を再スタートしたその日に、俺が春華の自罰的思考を矯正しようと色々とアドバイスした時のことだった。

あの時から考えると、今こうして当たり前のようにお互いを名前で呼んでいる今は本当に遠くへ来たなぁという感想を抱く。

「いつもいつも心一郎君は私のことを考えてくれているんだなって思ったら、何だか自然と笑顔になってしまって……」

「そ、そうか……」

いつもの通りただ心中をそのまま吐露する春華は、とても気分が良さそうに微笑んでいた。そして俺は、いつも通りその爽やかな笑みに見惚れることしかできない。

「私も確かにちょっとはりきりすぎてしまったみたいですね。後で三島さんに言って少しお仕事を減らしてもらうことにします」

「ああ、そうしてくれ。いくら俺達が高校生だからって体力も気力も無限じゃないんだからな？」

とりあえず生真面目少女にブレーキをかけることに成功した俺は、ほっと一息吐くことができた。三島さんは従業員思いだし、シフトの件はどうとでもしてくれるだろう。

「そういや、三島さんどうも最近変なんだよなあ……。なんか俺に対してよそよそしいというか、たまに敬語になってる時もあるし……」

そう、例えるならコネ入社してきた役員の息子に対する、腫れ物に触るような態度のような……。

「ええと、その……お父様と心一郎君がとても難しい話をしているのを見て、ちょっと三島さんが勘違いをしているみたいなんです……」

「へ……？」

目を白黒させてその辺りの事情を聞くと、春華はちょっと困った様子で三島さんの態度が変化した理由を説明してくれた。

は……？　俺が紫条院家で優遇されるほどのエリートな家の出身で、将来は千秋楽（せんしゅうらく）書店の幹部か社長になると思い込んでる？

「いやまあ、確かにバイトが社長とサシで話しているのはおかしな光景だっただろうけど……いくらなんでも飛躍しすぎだろ」

「はい、私もそう言ったんですけど……『隠さなくてもいいのよ春華さん。あなたも親が決めたことで大変でしょうけど、想い合ってるようで何よりだわ』とかよくわからないことを……」

「本当によくわからんな……」

有能だが思考の方向性がポンコツ気味の店長の顔を思い出し、俺と春華は困惑した表情を浮かべてしまう。

なお、その三島さんとその部下である正社員の皆さんは現在とても忙しそうにしている。

何故かと言えば、時宗(ときむね)さんはあの視察の翌日から宣言通りに経営方針の大改革計画の発動を宣言し、千秋楽書店本社は今混乱のただ中にあるからである。

何せ、改革の要として発表されたのがブックカフェ事業の推進加速なのだ。

そのフラッグシップショップに指定されたこのブックカフェ楽日は、大幅な増員、広告戦略の拡大、新たな事業計画の導入などが決定した。

これでようやく新しい店長もやってくるだろうし、お役御免だと三島さんは喜んでいたのだが――

今日まで店の売上げを守り抜いた三島さんは代理ではなく正式な店長として任命されることが決定してしまい、当の本人は、

『何でよおおおおおおおおおおおおおおおおおお!?』

と悲鳴を上げていた。

(まあ、単なる書店会社の社員が、まがりなりにも全く畑違いの業種であるカフェ経営を長くこなして、最近は現状維持どころか業績を上昇させていたもんな……そりゃ本社もこれまで通り君に任せたって言うわ)

能力を示してしまった者は仕事を任せられてしまう。

それがサラリーマン社会の常なのだ。

　千秋楽書店はホワイトな会社なので、責任に応じて給料もちゃんとアップするだけまだ恵まれていると思う。

「その、ところで……心一郎君は本気で千秋楽書店に就職するんですか？　お父様からその誘いがあってから、もの凄く喜んでましたけど……」

　三島さんの悲鳴を思い返していた俺は、春華の声で意識を引き戻された。

「ああ、あれから死ぬほどはしゃいじゃったよな俺……」

　今世の目標であったホワイト会社チケットを手に入れた俺は、その後ニコニコ顔が戻らなくなり、隙あらば喜びの舞を踊っているというアホな状態となっていた。

　そのせいで、母さんや香奈子（かなこ）、そして筆橋や風見原には頭がぶっ壊れたかと思われてしまったが、それほどに嬉しい出来事だったのだ。

「そうだな。大学は行くつもりだけど、できたらお誘いを受けて千秋楽書店に就職したいとは思ってるよ。きちんとした会社で真っ当に働くのが俺の人生設計だし」

「……そう、なんですか……ふふ……」

　俺がそう告げると、春華は何故か嬉しそうに口の端を緩めていた。まるで、とても良いことでもあったかのように。

「不思議な感覚ですけど……心一郎君がお父様の会社に入ると思うと、とても嬉しい感じがするんです。二人がそんなにも仲良くなってくれたというのもあるんですけど、それ以上に――」

そこで春華は言葉を切り、頬に微かな赤みを帯びさせながらさらに言葉を紡いだ。

「心一郎君はこれからの長い時間を、私の『近く』で過ごしてくれるんだなって思ったら、とっても心が浮き立ってポカポカしてきたんです」

「…………」

本当に、この少女は何度俺の胸を恋の矢で貫くつもりなのだろうか。

俺が春華の父親が経営する会社に就職しようと、春華には直接関係することではない。

だがそれでも、春華はその事実を噛み締めるように喜んでくれている。

俺と春華の人生が近しくなるということを、ごく自然に快く嬉しいことだと思ってくれているのだ。

「……？　どうしたんですか心一郎君？　何だかお顔が赤いような……」

「……いや、何でもない……」

相変わらず自分の発言の破壊力を全く理解できていない少女が発した不思議そうな問いに、俺は内心の動揺を隠していつもの嘘を吐く。

今の自分は仕事中であり、決してカフェでランチデートをしている訳ではない。

そう言い聞かせても、羞恥と恋心は俺の胸から溢れ出す一方だ。

口にしているこの店自慢のコーヒーは、本来の苦さが失せて砂糖とシロップを入れたかのように甘かった。


なお――このランチ休憩の後日、俺は三島さんに呼び出されてしまった。

他のバイトから君への苦情が届いていると聞かされてギョッとする間もなく、俺はその予想もしなかったクレームを突きつけられることとなった。

その内容とは――

『新浜と紫条院さんのイチャつきが凄すぎてあの周辺で休憩ができません』

『非モテに見せつけるのはよくないと思う』

『あまりにも砂糖空間すぎてお客さんも周辺の席に座りにくそうです』

『なんでバイトに来て心を抉られないといけないんですか？』

『休憩時間でデートすんなよコンチクショウ』

『家でやれ』

等々、その数の多さに俺は「えと……すみません……」と何とも言えない顔で謝罪する他なかったのであった。

八章　春華のレベルアップ

　私こと紫条院春華は、今日も今日とてアルバイトだった。

　木々が徐々に紅葉していく様に、突発的に始めたこのアルバイトを始めて相当の日数が経ったことを知る。

（ふふ、決して楽ではないですけど、やっぱりやりがいはありますね）

　そう思えるのは、店長の三島さんや同僚アルバイトの皆さんがとてもよくしてくれるのもあるけど……やはり心一郎君の存在が大きかった。

（仕事なのに不謹慎かもしれませんけど……やっぱり心一郎君と一緒に仕事をしてると楽しいですね。あの本は売れ行きがいいとか、フラッペが大人気でキッチンにいる時は作るのが大変とか……そういうのを共有できるの、とてもいいです）

　ホールでテーブルの片付けや返し忘れの本を戻す作業を行いながら、私は先日にオープンテラスで心一郎君と一緒にお昼休憩をとったことを思い出していた。

最近は風見原さんや筆橋さんとお茶をする機会も増えたけど……心一郎君と一緒にカフェで過ごすのはまた違った喜びがある。

夢中で小説を読んでいる時のように、心が弾んで時間がとても早く過ぎていく。

あの感覚は、他の友達や家族と過ごすことでは得られないのがとても不思議だった。

本当に、どうして心一郎君はあんなにも特別なのだろう？

（それにしても……ふふ、心一郎君はいずれお父様の会社に就職することを目標にして、大学もこの街の近くを考えているんですね）

それは私にとってとても嬉しいニュースだった。私自身も今現在進路をとても迷っているところだけど、そうするとやはり地元に大きく心が傾いてしまう。

（友達の付き合いで進路を決めるなんていけないことですけど……もし同じ大学とかに行けたりしたら……）

集めたゴミをホールのゴミ箱に捨てながら、私はぼんやり想像する。

（一緒に講義を受けたり食堂でごはんを食べたり……免許を取ったらウチにたくさんある車を借りてどこかに行くのもいいですね。いつもお父様が美味しそうに飲んでいるお酒にもチャレンジしてみたいところです）

そういった子どもから大人への準備期間たるキャンパスライフに、心一郎君がいる。

そう考えるだけでとてもウキウキしてしまう。

今はお仕事中なのだから、だらしのない顔をしていないでシャンとしていないといけない――そう思いつつも、口元がほころぶのが止められなかった。

そんな時に――

「ちょっとそこのあなた！　さっさと来なさい！」

「え？　は、はい！」

私に突然声をかけてきたのは、近くのテーブルに座る七十代ほどの高齢女性だった。立ち振る舞いはとてもキビキビしているけれど、その表情はとても苛立(いらだ)って見える。

「どうもこうもないわよ！『ハリィのアカデミー』シリーズの最新刊の発売日は昨日だったのに店頭にないじゃない！」

女性が言っている『ハリィのアカデミー』とはイギリス発のファンタジー小説で、不遇な環境で生きていた少年が御伽噺(おとぎばなし)のような世界の魔法学校に入学するストーリーだ。

子どもから大人まで幅広い年齢層から支持され、世界中でとてつもない大ヒットを遂げてベストセラーにまで至っている。どうやらこのお婆さんもファンのようだけど――

「も、申し訳ありませんお客様……このシリーズは本当に大人気で発売と同時に全部売り切れてしまったんです。全国で同じような状況のため、次の入荷は全くの未定でして…

……」

「はあ⁉　何よそれ！　そんなに待てないわよ！　明日までにさっさと仕入れておきなさい！」

「え、ええ⁉　そ、それは……申し訳ないですけどできないんです……」

「何ができないよ！　そんなにお客を待たせるなんて本屋の怠慢だわ！　いくら人気でも一冊くらいどっかから手に入るでしょ！」

叩きつけるように言葉を重ねられ、私の全身に冷や汗が浮かぶ。

このシリーズの新刊は常識外れの人気を誇っており、在庫が一切ないのは本当のことだ。

電話での問い合わせも多いけど、完全に入荷未定なのだからどうしようもない。

「だいたいこの店は普段から対応が悪いのよ！　店員は無愛想だし、古い本は置いてないし、値段だって高いわ！　この間だって――」

突きつけられた要求について何もできないまま、女性はさらなる不平不満を口にする。

不満や鬱憤に火が点いてしまったようで、クレームの奔流が止まらない。

（ど、どうすれば……）

高圧的に文句を並べ立てる女性に、私は固まってしまっていた。

この人を納得させてこの場を収める手段が、全く思いつかない。

（だ、誰かに助けを……）

脳裏にすぐ思い浮かんだのは、店長の三島さんや他の同僚達じゃなくて心一郎君の顔だった。彼は何だってできて、こういうトラブルには特に強い。

そう期待して心一郎君が今担当しているレジへと振り返ると――

（あ……!?）

自分のクレーム対応で気付いていなかったけど、驚くべきことにレジの方でも何らかのトラブルが起きているようだった。

状況はよくわからないけれど、何故か二十人ほどの大学生らしきお客さん達がレジ前にたむろっており、対応している心一郎君の苦慮している様子から何か難しい要求を受けていることが察せられる。

そして、あまりにも大勢の人が集まっているためレジ周辺の機能が停滞しており、他のスタッフもその穴を埋めるべくフォローに回っている。

（こ、これじゃ誰にも助けを求められません……！）

孤立無援の状況を悟った私は、とるべき対応が見当たらずにただ冷や汗を流すばかりだった。

＊

ブックカフェ楽日のレジ付近で、俺こと新浜心一郎はクソ面倒くさい事態に自分の心が虚無になりつつあるのを感じていた。

「なあ、何とかしてくれよ！　この辺りってあんま広い喫茶店とかないんだよ！」

「……申し訳ありませんお客様。当店で今から二十名分の席をご用意するのは難しいので、ファミリーレストランなどに行かれるのはどうでしょうか？」

「だから近くにそういう店がないんだよ！　俺達全員歩きだからもうここしかねーんだってば！」

（ンなことこっちの知ったことか……！）

総勢二十名の大学生達を前に俺は胸中で激しくツッコミを入れた。

突如としてぞろぞろと入店してきたこいつらは近所の大学のアウトドアサークルであるらしかった。

今日はメンバーが多く集まったので飲みに行こうという流れになったものの、まだ早い時間なのでこの店で時間を潰すべく押しかけてきたらしい。

だが二十名分の席なんて即座に用意できる訳もなく、丁重にお断りしているのだが――

よっぽど頭がユルい奴らなのか揃いも揃って『えーっ!?　いやいや、なんとかしてくれって！』『いーじゃんかよちょっとくらい！』などと意味不明なことを言ってくるのだ。

「席ぐらいさあ、テーブルと椅子置けばパパッと作れんじゃん。いいからさっさと入れてくれって！」

「いいえ、そういう訳にも……」

（二十名分もの席なんて増設するスペースがある訳ないだろ……！　こいつら本当に大学生か!?　偏差値いくつのとこだよ!?）

さっきからこの調子で全然引き下がってくれず、俺としても辟易していた。

なにせ人数が人数であり、レジ前にたむろっているだけでかなり業務の邪魔だった。

今日はただでさえスタッフが少ないのに、俺がこの対応にかかりきりとなってしまっているため、他のスタッフがその穴埋めをしてくれている有様だ。

（まったく、どう言えば納得してくれるんだこいつら……んっ!?）

そこで俺の目にふと留まったのは、ホールで危機に陥っている春華の姿だった。

高齢の女性客に捕まっており、極めて居丈高な様子で何事かをまくし立てられていた。

どう考えてもクレーマーの類いであり、春華はとても苦手な高圧的な相手に困り果てていた。

(春華……！　くそ、今すぐ駆けつけてフォローを……)

春華至上主義の俺は反射的に彼女のもとへダッシュしかけたが、今俺の目の前に横たわるバカ大学生達の問題を思い出してすんでのところで踏みとどまる。

「なあおい聞いてんのか？　客の言うことなんだからさっさと何とかしてくれってばさ！　俺らいつまでボーッと立ってりゃいいんだよ！」

(うるせえよクソバカども……！　いいからさっさと帰れ！　お前らのせいで春華のフォローに行けないだろうが！)

俺は引きつったスマイルを浮かべつつ、春華への救援を阻む迷惑軍団へ胸中で盛大に毒づいた。

*

(だ、ダメです……この女の人の件は私がなんとかしないと……！)

孤立無援な状況に泣きそうになりながらも、私こと紫条院春華はなおも文句を言い募るお客さんへ向き直るしかなかった。

「何ぼーっとしてるよ！　お客の私が話してるのよ！」

「す、すみません！」

声を荒らげる高齢の女性は、私の苦い記憶を呼び起こす。

子供の頃からこういう場面は多々あった。いくつの時も、学校内では必ずと言っていいほどに私に詰め寄ってくる女子生徒がいたからだ。

陰で嫌がらせをする子もいたけれど、やっぱり一番怖かったのは面と向かって責められることだった。

まるで私を否定せずにはいられないかのような、剝き出しの嫌悪と怒り。

何故そこまで敵意を向けてくるのか聞いても、『何それ嫌味!?』や『調子乗ってるからでしょ!?』と理解できない答えが返ってきて混乱と恐怖をより一層深めるだけだった。

こうして怒りの根源が理解できないのに苛烈な言葉を浴びせられるのは、そういった過去の情景とよく似ている。

（やっぱり怖いです……！）

昔からそうであるように、誰かから苛烈な言葉を浴びせられる状況は手が震えて心が硬直してしまう。

悲しくて辛くて、全身の細胞から冷や汗が滲み出るような感覚になり、ただただこの場から離れたい一心になる。

けど——

（そればかりじゃ……ダメなんです……）

いい加減に自覚してきたけれど、私は悪意や敵意に疎い。

だからこそ感情を爆発させた人は格別に恐ろしく感じてしまう。

だけど……だからといって他人からの痛みと無縁ではいられない。

一生を自分の部屋で過ごすのでもない限り、どうにかする術を身につけないといけない

——ここ最近の私はそういうふうに考えるようになった。

（そう、心一郎君みたいに——）

この状況でも、思い浮かぶのは最も親しい男の子の顔だった。

いつも見てきた、彼の尊敬すべき心の強さ。辛い状況を上手く乗り越えるために、時には立ち向かったりすることも重要だと教えてくれた。

（思い出すんです私！　こういう時に心一郎君はどうしてました⁉　クレーム対応のこともこの間色々と教えてもらったはずです！）

そう、あれは確か——

「ちょっとあなた！　聞いてるの⁉」

「は、はい、ご意見は全て聞いております！　いくつもご気分を害されることがあったよ

うで、大変申し訳ありませんでした！」

私は見かけだけでも困り果てた顔とオドオドした声をやめて、言葉に力を込めてお客さんの真正面から深々と頭を下げた。

そうすると、女性は少しだけ虚を突かれた様子になって文句の奔流は一時的に止まってくれた。

（まず重要なのが、お客さんの感情を可能な限り宥めること……そしてクレームを言う人が何を求めているかを見極めること……だったはずです）

心一郎君は何故かこの手の話に関しては恐ろしく経験豊富であり、定期的に来る困ったお客にもスマートに対応していた。そして、それを見ていた学生アルバイト達に乞われて、クレーマーへの対処法をたびたび語っていた。

『殆どの場合、クレームがあっても普通に対応すればほぼ収まるんだよ。それでも騒ぎ続ける人は、こう言っちゃ悪いが心に何かしらのスキマがある人なんだ。なんで、俺はそのスキマにはどういう対応が正しいのかを考えるようにしたんだ』

『例えば、クレーマーが「俺を馬鹿にしやがってえええええ！」って感じのコンプレックスが爆発しているタイプだと、店長なんかの責任のある立場の人が出ていって謝罪することでやっと自尊心が満たされて大人しくなる』

『明らかにこっちに過失があって上司の許可ありって条件付きだけど、商品チケットとかお詫びの品を渡すのもシンプルに効く。最も受け入れやすい詫びだからな』

『一番多いタイプのストレスを発散したい系は、一通り好きに叫び尽くさせてスッキリしたタイミングだと話を終わらせやすいぞ』

などと、心一郎君は遠い目をして様々なケースを皆に教えていた。

そして、この人の場合は――

(この人は……一週間の内半分くらいこのお店に来てる常連さんですね。よく小説を読んでいますから本が好きなのは間違いないですけど、こんなに強いクレームを入れてきたのは初めてのはずです)

少なくとも普段からイライラしていたという印象はなく、静かに本を読んでいる姿が印象深い。むしろ、長い時間をお店で過ごすその姿は――

「そ、その……お客様！　ご希望の新刊が用意できておらず申し訳ありません！　私達もすぐに入荷したいのですが、まだ次の入荷がいつになるのか確かなことが申し上げられないんです……！」

「だからそれはそっちの怠慢でしょ！　本屋のくせに本がないとかどういうことよ⁉」

「は、はい、申し訳ありません！　あの前巻のドミトリー対抗戦の後にハリィ達がどうなったのかはとっても気になりますよね……！　重ねてお詫びします……！」

私が深々と頭を下げてそう告げると、高齢女性はピクリとした反応を見せた。

「……あなた、あのシリーズ読んでるの？」

「は、はい、映画から入ったんですけど、原作の本も読んでみると面白くて……」

私は高校二年生になった辺りからライトノベルを読む機会が増えたけれど、元々中学生の頃から小説は広いジャンルを読んでいた。

そして、この誰もが知る大人気小説も新刊を買ったその日の内に読んでしまうほどに愛読しており、続きがあるのに読めないという悔しさはよくわかる。

「映画のあの本当にあるかもしれないって思わせる魔法の世界の町並みがとっても凄くて……観た後ですぐに最新巻まで買って一気に読んじゃったんです！　最高でした！」

（あ……）

本好きな面を抑えきれず、つい熱を入れて語ってしまったことに気付いて私は一筋冷や汗を流した。クレームを入れてきたお客様に対してちょっと気安すぎたかも――

「…………ええ、第一作の映画ね。確かにあれは凄かったわ」

私の態度に怒り出すかと思われたお婆さんは、むしろ勢いを削がれた様子で静かにそう口にした。怒りや不満の熱は、明らかに弱まっていた。

「あ、お客様も観られたんですね！　映画館でですか？」

「ええ……孫にせがまれて一緒にね。……最初は子ども向けだろうと馬鹿にしていたけど、とてもよかったわ」

「ということは……私と同じパターンで原作も読まれたんですか？」

「そうね……そうだったわ」

さっきまで声を荒らげていた人と同一人物と思えないほどに、お婆さんは噛み締めるようにしみじみとそう語る。昔を思い出して、懐かしむように。

そんなお婆さんの姿を見て——私は無意識に口を開いていた。

「そうなんですね！　じゃあ、お客様は作中に出てくるキャラで一番好きなのは誰でしょうか！」

「え……？」

私は今自分がバイト中であることを半分だけ忘れて、ただの本好きとして語りかける。

そんな私に、お婆さんは虚を突かれたような様子を見せた。

「あ、ちなみに私はですね！　やっぱり何と言ってもリーマン先生ですね！　とても理知的で、ハリィと同じ目線で話してくれるのがとってもいいです！　初登場の時のちょっと小綺麗じゃない格好からのギャップが凄くて——」

呆気にとられるお婆さんに対し、私は熱を込めて言葉を紡いだ。

恐怖に囚われることなく、ただそうすべきだと感じた心のままに。

＊

「ありがとうございましたー！　またのお越しをお待ちしておりまーす！」

俺こと新浜心一郎は、ようやく退店してもらえた大学生集団を店員スマイルで見送っていた。

二十人分もの席を用意しろと無茶なことを言う彼らとの話し合いは骨が折れたが……最終的に俺の『近くに広い公園があるんで、ドリンクをテイクアウトしてそちらで時間を潰すのはどうですか？』という提案で決着がついたのだ。

（ああもうメチャクチャ時間がかかった……！　小学生の集団の方が百倍聞き分けがいいよチクショウ！）

バイトとしてニコニコ顔で送り出したが、当然俺の内心はウンザリ感でいっぱいだった。

そもそも俺のような陰キャ出身は、ああいうパリピ系の相手をすると著しく疲れてしまうのだ。

(……っと、そんなことより春華だ！　早く助けに行かないと！)

クレーマー対応に苦慮していた少女の姿を思い浮かべ、俺は他のレジ担当に断ってからその場を離れる。

急いで現場へ向かうが、現在はちょうどお客の入りがピークであり本の持ち出しや返却で席を立っている人も多く、なかなか春華のもとへたどり着けない。

(春華はああいう強い剣幕に弱いからな……いや、もちろん怒鳴り声に強い人なんかそうそういないけどさ)

子どもだろうが大人だろうが、怖い顔で声を荒らげられると怖くて辛くて泣きたくなる。

それは俺自身が嫌というほどに体験したことだ。

だが春華は殊更そういうことに弱い。彼女自身が誰かに対して怒りや悪意を持つ機会が極端に少ないため、それらを剝き出しにする相手は理解の及ばない怪物のように見えてしまうのだろう。

(だからこそ、そういうのに慣れるまでは俺がサポートを――へ？)

ようやく春華がクレーマーの相手をしていた現場に行き着くと、そこには予想外の光景が広がっていた。

「ええ、私はやっぱり一番好きなのは一巻ねぇ……酷い子ども時代だったハリィがゼロから友達を作っていくのが自分のことみたいに嬉しくて……」

「ええ、私も友達がいなかったからとてもわかります！　不遇な環境にいたからこそ、あやって全く新しい世界で友達が増えていくのは本当にいいですよね！」

恐ろしい剣幕で声を荒らげていたはずの高齢女性クレーマーと、恐怖でキャパオーバー気味になっていたはずの春華は、何故か和やかに談笑していた。

春華はいつもの純度一〇〇％の笑顔であり、お婆さんの方もそれに引っ張られるようにして自然と笑みを浮かべている。

まるで同好会の集まりであるかのように、どちらも実に楽しそうだった。

（……春華がこの状況に持っていったのか？　誰のサポートもなく一人で？）

どうやって割って入るかを考えながら駆けつけた俺は、春華が成し遂げたことにただ驚く。

あの少女が、クレームを上手くほぐして談笑できるほどの状況に導いているなんて……。

「その……さっきは悪かったわねお嬢ちゃん」

すっかり穏やかな表情になったお婆さんは、言いにくそうに切り出した。

「新刊のことね、こうして落ち着いたら酷いワガママを言ったんだってわかるの。でも最近の私ったらすぐにカッとなって……ただイライラしているだけじゃなくて、きっと店員さんに構って欲しかったんだわ……」

自己嫌悪に陥った様子で、お婆さんは心情を吐露する。

「……子どもや孫とずっと会ってなくて、連れ合いはとっくに亡くなって友達もいなくて……心の貧しい婆さんそのままになってたわ。なのに、こんなふうに若い子にちょっと構ってもらっただけでこんなに気分が良くなるんだから現金なものよね……」

（なるほど……寂しさからクレームを入れるタイプだったか）

孤独を深めた一人暮らしの高齢者によく見られるケースで、ずっと一人でいる寂しさからついイライラしてしまい、構ってもらうために他人に文句をつけてしまうのだ。

欲しいのは謝罪でも利益でもなく他者とのコミュニケーションであるため、ある程度会話していると本来の常識的な感覚が戻ってくる場合が多い。

「いいえ、寂しいのはどうしようもないことだと思います」

深い疲労を見せて俯く（うつむ）お婆さんに、春華は優しく言葉をかけた。

そのあまりに純粋な言葉と慈愛に満ちた表情に、お婆さんは虚を突かれたように大きく目を見開く。

「もし私でよければまたお話をしましょう。私もそれなりに色々と本を読んでいますので、語り合えたらきっと楽しいです！」

「あなた……」

店員としての義務ではなく完全に無垢(むく)な心からのものだとわかる言葉と笑顔に、お婆さんが眩(まぶ)しいものを見るかのように春華を見つめる。

「……本当に自分が恥ずかしいわね……。今日は色々と頭を冷やしたいから帰るわ。店員さん、仕事の邪魔をして本当に悪かったわ……」

言って、お婆さんは静かな足取りで去っていった。

店から出る間際にこちらへ頭を下げている姿はとても先ほどまで声を荒らげていたクレーマーとは思えず、まさに憑きものが落ちたようだった。

「ふぅ……なんとか納得してもらいまし……っ!? わわ、心一郎君いつから!? そっちの問題は解決したんですか!?」

「ああ、大学生が集団で来ていた件ならなんとか丸く収まったよ」

俺の存在に気付いて驚きの声を上げる春華に、俺は笑いかけた。

「それで慌ててこっちにヘルプに来たんだけど……凄いじゃないか春華！ 思いっきり怒鳴っていたお婆さんに完璧(かんぺき)に対応してみせるなんて！」

「あはは……正直最初はちょっと泣きそうでしたけど……」

俺が手放しで賞賛すると、春華は頬を染めた。

　だが実際これは凄いことだった。一度完全に興奮してしまった人間を宥めるのは、大人でも相当に難しいのだ。

「別に独力じゃないんです。何とか心一郎君の話を思い出して……」

「俺の話……？　ああ、なるほど。それであのお婆さんが寂しさからクレームを入れてるタイプだって気付いた訳か」

「ええ、でも……そこで思いついたのはただあの人が楽しくなる話題はないかってことだけで……後はあの人を宥めるっていう目的を忘れて、普通に心一郎君とお話しするような調子で自分の好きなことを喋っていただけなんです……」

　恥ずかしそうに照れ笑いを浮かべる春華だったが、そんな彼女だからあのお婆さんも短い時間で心を開いたのだろう。

　邪気が一切ない純粋な笑顔と、善意しかない温かくて優しい言葉は、孤独に苦しむ人間にとって何よりも染み渡る光だ。

　これが『寂しいお客の相手をしてあげる』という意識からの行動であれば、そこを見抜かれて逆に激昂されていたかもしれない。

「しかしまあ、よく踏みとどまって一人で対応したな……春華って感情的になって詰め寄られるのが特に苦手なんだろ？」

春華は子どもの頃から今に至るまで、彼女の美しさや天真爛漫（てんしんらんまん）さを妬（ねた）んだ女子に苦しめられてきた。そのせいもあり、クレーマーのように居丈高に文句をつけてくる輩はかなり苦手なはずだが……。

「ええ、苦手なのは全然変わっていません。同じようなことを対応しないといけなくなったら、びっしりと冷や汗をかいて今度こそ何もできずに硬直してしまうかもしれません」

クレーム対応の恐怖を思い出したのか、春華は緊張が残った表情で額に浮いた珠の汗を拭（ぬぐ）った。

「でも——それだけじゃいけないと思ったんです。いつまでも怖いからと逃げ回っているだけじゃ何も変わらないって」

「春華……」

そうきっぱりと口にした少女は、今までよりもほんの少しだけ大人びて見えた。

「だから、少しずつ怖いことや苦手なことにも自分なりに考えて向かっていこうと、今はそういうふうに思ってるんです。それでさらに怖い目にも遭うかもしれませんけど……やってみないと何も変わりませんから」

力ある言葉でそう言ってのけた少女は、やはり約半年前に再会した時とは大きく違っていた。その内面の変化をどう言い表したらいいかわからないが……なんだか、より輝きが増して美しくなったような気がする。

「あ、でも無理はダメだってちゃんとわかってますよ！　今回のことだっていよいよ手に負えなくなったら、店長や他の誰かに泣きつく気満々でしたから！」

「ああ、それで正解だよ」

決して猪突猛進を美徳としている訳ではないと言う春華に、俺は頷く。

そこまでわかっているのなら、もう俺が言うことなんて何もない。

（はは……この二周目世界にタイムリープしてきてから、春華に強くなってもらうために色々とお節介を焼いてきたけど……）

この分ならば、俺が危惧したことはかなり遠くなったと言えるだろう。

もう彼女はただ悪意に潰されるだけのか弱い令嬢じゃない。

怒るべき時には怒り、立ち向かう時には立ち向かい、引くべき時には引く――そういうことをしっかりと覚え始めている。

（もしかして……俺の目的の一つだった春華の心を強くするってのも大半が達成できたのかもな。もう俺がいつもサポートする必要も――）

そう思うと、急にえも言われぬ寂しさがこみ上げる。

春華の精神的成長は願ったり叶ったりなはずなのに、もう俺に頼ってくれなくなるのかと思うと、どうにも心が萎んでしまう。

「ふふ、それにしても一人でなんとかできたのは嬉しいです！　たまたま上手くいっただけなのはわかってますけど、心一郎君が今まで色んなことを教えてくれたおかげですね！」

俺の陰った心に光を浴びせるように、春華は無邪気な笑みを浮かべた。

ただ、その物言いは流石に過大評価だろう。

「いやいや、俺がしたことなんてごく一般的なアドバイスくらいのもんだよ。今日のは特に春華が頑張った結果でしかないって」

今まで俺がやってきたことなんて、本当にただ自分の経験談や客観的な一般論を語ったくらいだ。本当に凄いのは、そんな俺の助言程度を真摯に受け止めて自分を変えようとしている春華の方だ。

一周目における高校時代の俺なんか、誰に何を言われようと怠惰でビビりな自分を一ミリも変えられなかっただろうしな……。

「いいえ、そんなことないです！　だって、心一郎君と話すようになってから私はどんどん自分のことを好きになれていますから！」

「――……」

間を置かずに返ってきた真っ直ぐな笑顔に、俺は一瞬感情を忘れる。

「こうやって、また一つ自分が善い方向に変わっていくのが嬉しくて……そしてそれは間違いなく心一郎君のおかげなんです！　だから――」

春華は自分が独力で問題を解決できたことがよほど嬉しいようで、職務中にもかかわらず溢れる心の喝采を抑えきれないようだった。

「だから……これからも一緒にいてくださいね！」

そして、少女は溢れんばかりの喜びと親愛に満ちた満面の笑みを浮かべた。

まっさらな言葉と、どこまでも快活で天使そのものの笑顔。それらを向けられた俺は言葉を失って、ただウブな中学生のように赤面することしかできない。

（ああもう、職務中だってのに……恋心が溢れてどうしようもなくなる……）

精神的な強さとともに少女としての魅力もまた増している想い人に、俺は恋愛的な耐性が全く成長していない自分に気付くのであった。

九章　オレンジ色に染まった世界で手を取り合って

俺こと新浜心一郎（にいはましんいちろう）は、教室の自分の席でやや緊張した面持ちになっていた。

現在は五限目の授業の最中で、これが終われば帰りのホームルームを済まして帰るだけとなる。

それはいつもの日常であり、教室に座るクラスメイト達にとっては昨日と変わらぬ今日だろう。

だが、俺にとってはそうではない。

一年でたった一日しかない、極めて重要な日なのだ。

（いよいよこの日になったか……通り過ぎる前に情報を仕入れることができて本当に良かった……）

この日のことを知ってから、ずっと準備していた。

ここしばらくアルバイトに励んでいたのも、まさにこの日のためなのだ。

俺はチラリと春華(はるか)が座っている席へと視線を向けた。

頑張り屋の令嬢は熱心に授業に耳を傾けており、ノートをとる手を忙しなく動かしている。

元々生真面目な少女だったが、最近は将来を真剣に考え始めたせいか勉強に熱が入っているようで、筆橋(ふではし)と風見原(かざみはら)の勉強サボり気味コンビは『眩しい……！　高校二年生の理想的な姿に目が潰(つぶ)れそう……！』と苦悶(くもん)していた。

（本当に真面目だよな……可愛さも財力もあるお姫様なのに全然そんなことを鼻にかけなくて、常に人間そのものを見ているって言うか……）

一生懸命な少女の綺麗(きれい)な横顔を見ていると、無意識に顔がほころんだ。

頑張っている人は誰であろうと格好よく見えるものだが、それが好きな人であればなおさら尊いものに感じる。

（もう秋もかなり深まったな……もうすぐ寒い季節がやってくるか……）

視線を窓際に向けると木々はすっかり色づいており、地面には黄や赤が入り交じった落葉の絨毯(じゅうたん)が敷かれていた。

俺がこの二周目の世界にやってきてから、またも一つの節目を迎えようとしている。

冬の兆しを見せる景色を見て、俺はそんなセンチメンタルなことを思い浮かべた。

＊

（ああもう！　春華はどこ行った⁉）

　放課後の校舎で、俺は想い人の姿を捜して廊下を小走りに駆けていた。

　本当は帰りのホームルームが終わったらすぐ声をかけるつもりだったのだが、話しかけてきた銀次に少し受け答えしている間に、春華の姿は見えなくなっていたのだ。

　急いで校舎玄関に行ってみたが、春華の上履きがそこにないことからまだ校舎内にいると判断し、こうして捜し回っているのだが――

「ふふふ、お困りですね新浜君。飼い主を見失って焦りまくりのワンコのようで見ていてちょっと面白いですが」

「あはは、メチャクチャ焦ってるね！　ま、今日は新浜君からしたら絶対外せない日だろうし、気持ちはわかるけどねー！」

　聞き慣れた声に振り返ると、そこには風見原と筆橋がいた。

　俺の内心を知っているかのような意味深なことを言う二人は、何故か揃ってニヤニヤと意地の悪い笑みを浮かべている。

「まあ、その焦りは理解できますしチャチャッと話しましょうか。新浜君は今日大事な用事があって春華を捜しているんですよね？」

「な、なんでそれを!?」

今日までの俺の準備を知っているのは香奈子だけのはずなのに!?

「それはもちろん春華の友達だからね！　今日が何の日か当然知ってるし、このタイミングで新浜君が動かないはずないって予想がつくもん！」

「ぐ……」

俺の行動パターンが予想通りだったとばかりに、筆橋と風見原は笑った。

く、くそぉ……俺の恋愛に関する動きが完全に見透かされている……。

「ま、それで情報提供に来たという訳ですよ。春華は授業の質問で職員室に行っていますので、そろそろ出てくる頃でしょう」

「！　マジか！　恩に着る！」

言って、俺は即座に踵を返した。二人して終始ニヤニヤしていた点については物申したいが、その情報は素直にありがたい。

なんせ、今日ばかりはすれ違ってまた明日になるのは嫌だからな……！

「新浜君、頑張ってねー！」

危なくない程度に廊下を駆ける俺に、筆橋の声が届く。

「春華はさ！　今日この日に新浜君からアプローチしてあげたら絶対に喜ぶよ！　きっと、家族や友達からとは全然違った角度で心が躍っちゃうから！　そこは新浜君だってちょっとは確信を持っているんじゃないのー⁉」

背後から響く声には、声援と叱咤が含まれていた。

紫条院春華にとっての特別な位置に、新浜心一郎は最も近づいている。だから色々な意味で頑張れと、快活な少女は俺の背中を押していた。

（ああ、そうだな……わかっているよ筆橋）

急ぐ足を止めずに、俺はその筆橋の言葉を重く受け止める。

青春リベンジを始めてから今まで、我ながら俺は頑張ってきた。だがここからは、ただ頑張るだけでなくて、高いハードルを飛び越えないといけないのだ。

＊

職員室前に辿り着くと、春華が「失礼しましたー！」と元気よく言って出てくるところだった。どうやら先生への質問は終わったらしい。

「春華！」

「え？　あ、心一郎君！」

俺が呼び止めると、春華は振り返って楽しげな笑顔を見せた。

いつもいつも、この少女の笑みは愛らしくて目を奪われる。

「あ、つ、つい名前を読んでしまいました……学校内では禁止でしたね」

「いや、今のは俺が先に名前で呼んじゃったしな……アルバイト中だと特に禁止にしなくていいし切り替えが難しいな」

幸い周囲に生徒の姿はないが、やはりその点は気をつけるべきだろう。

春華の人気によりあっという間に全校生徒の噂となり、春華のファンである男子達が次々と俺に絡んでくるだろうからな……。

（いやまあ……ぶっちゃけ普段から春華と距離が近すぎる時点で問題なんだけど、クラスメイト達がそんな俺達を当たり前のように受け止めてくれてるから大事に至っていないんだよな……）

筆橋曰く『ま、新浜君がクラスで活躍しまくった成果だね。春華と近いポジションにいても「妬ましいけどその資格はある奴だよな」って認定されてるって言うかさ』とのことだが……。

「そうですね……でも私はやっぱり許される時はいつだって心一郎君って呼びたいです」

その一言にドキリと心臓を高鳴らせる俺に、春華はなおもごく当たり前のように素直な言葉を紡ぐ。

「だって、私達の間柄がとても近しくなったっていう証拠みたいなものですし……何よりこうやって名前で呼び合っていると、心がポカポカとして嬉しくなるんです」

ただ綺麗な花を見て微笑むような自然な笑顔で、紫条院春華という少女はそんな言葉を紡いだ。

彼女の天然な男殺しの台詞は数え切れないほど聞いたが、それでも耐性なんてつくはずもなく、俺のハートはまたも射貫かれる。

ああもう……本当に毎度毎度キュンキュンしちゃうだろ……！

「ところでどうしたんですか？　何だか急いでたみたいですけど……」

「あ、いや……急いでいたというより春華を捜していたんだ。その、実は……」

そこで俺は言葉を詰まらせてしまい、そんな俺を春華は「？」と不思議そうな面持ちで見ている。

思えば、俺はいつもこうだ。

どれだけ一生懸命に明るく振る舞って、過去の後悔をバネにしてエネルギッシュに行動しようとも、元々が根暗オタクであるが故に常に自分が傷つくことを恐れて心が縮こまる。

少女漫画のヒーローのように、生粋の陽キャには絶対になれない。

（いいさ、それでも……今世こそ、俺は俺の欲しいものに手を伸ばす。多少たどたどしくても、最終的に行動に移せればそれでいい）

「その、ええと……今日、特に予定がないのなら、俺と一緒に帰らないか？」

「え……」

春華と一緒に帰る機会は何度もあった。

放課後に図書委員の仕事や勉強会で遅くなった時には一緒に帰る——そんな暗黙のルールが俺達の間で出来上がっていたからだ。

だが、何の理由もなく俺から一緒に帰ろうと提案するのは、もしかしたら今回が初めてかもしれない。

だからこそ、俺も緊張と共にそのお誘いを口にしたのだが——

「は、はい！　もちろん大丈夫です！　久しぶりなので嬉しいです！」

そんな俺の心配は杞憂（きゆう）だったようで、春華は目を輝かせて同意してくれた。

学校から一緒に帰ろうと誘うと喜びを露わにしてくれる——そんな彼女の反応に、俺の心もまた躍っていた。

「あ、あの……何だか心一郎君、息が荒いみたいですけど……もしかして今までずっと私を捜していたり……？」

「ああ、今日はどうしても一緒に帰りたかったから捜してたんだよ。何故か風見原と筆橋が春華の行き先を教えてくれて助かったけどな」

「そ、そうですか……私を捜して……」

春華は少し照れたような表情で、満足そうにその事実を反芻する。
まるで、とても嬉しいことでもあったように。

「じゃ、行くか。お互い今日はバイトもないし、のんびり歩けそうだな」

「あはは、確かに夕方のシフトが入っていると帰る時に気が急きますよね！」

最初の頃ほどじゃないが、意中の少女と一緒に帰る時はいつだって心臓がうるさいほどのドキドキと緊張がある。

けれど俺はそんな自分の気持ちを大人のやせ我慢で覆い隠したまま、表面上はいつもと変わらない平静さで彼女をエスコートする。

今日という日は、どうしても春華と二人っきりになりたかった。

＊

俺と春華は揃って帰路についていた。

秋の過ごしやすい気温のせいか、夕日に彩られた街並みは穏やかな雰囲気で、とても心地よい。

そしてそんな澄み切った空気の中で、俺達はいつもの通り雑談しながら並んで歩いている。

「なので、三島さんは偉くなるのを渋っていたそうで、お父様が店長就任を直接お願いしに行ったらしいです。業務負担は考えるから、今しばらくは頼らせてくれって」

「なるほど……そりゃ店長を引き受けないなんて言えないわな」

今話題に上っているのは、バイト先でお世話になっている三島さんが正式に店長を任命された時の裏話だ。

一社員に社長が直々にお願いするなんて、そうあることじゃない。

それだけ時宗さんがあの店を重要視しているということでもあるが、なるべく気軽なモブ社員でいたい三島さんには悲鳴ものだろう。

「世間的には大出世なんだけどなぁ……」

「スタッフ全員で祝福した時ももの凄く複雑な顔をしていましたね……」

有能であるが故に楽ができない愛すべき店長の表情を思い出し、俺達は揃って苦笑いを浮かべた。

まあ、頑張れ三島さん。どう考えてもこれからどんどん出世して責任が重くなっていくと思うが、デキる女が実はお酒大好きで怠けたい気質とか多分モテるぞ。

「私もアルバイトはもう少し続けるつもりですし、頑張って三島さんの力になります！　いえ、本当に微力もいいところですけど……」

「いやいや、春華は相当に慣れてきたなって思うよ。特にお客から文句を言われたりしてもかなり対応できるようになったのは本当に凄いと思う」

これは意中の少女を褒めたいがためではなく、本心からの言葉だった。

怒りに駆られたお客は感情が迸りすぎて多くの場合モンスターと化しており、その対応は大人でも心を抉られる。

だからこそ、この間のクレーマーを言葉だけで落ち着かせた件は本当に凄いと思う。少なくとも前世の陰キャな高校生だった俺にはとても無理だろう。

「そ、そうですか？　ま、まあ確かに自分でも最初の頃に比べれば慣れてきたかもとは思っていましたが……心一郎君にそう言ってもらえると嬉しいです！」

春華ははにかむように微笑む。珍しく、自分を少しだけ誇るように。

「けど本当に……心一郎君を追いかけてアルバイトを始めてよかったです」

深い感情を込めた様子で、春華はそんなことを呟いた。

「本物の職場で働いてみて、ほんの少しですけど自信がつきました。私でもまともな大人になれる。少なくとも話にならないほどにダメな存在じゃないんだって……そう思えるようになったんです」

「ああ、わかる。確かに働くと少なからず自信はつくよな」

労働という人生の実戦に出ても戦力になる――それは想像以上に自信を深める。

かつて俺もあのクソ会社に入社したばかりの頃、一瞬だけはそんなふうな誇らしさを感じていたものだ。いやまあ、すぐに絶望と悲嘆に上書きされたけどな！

（しかし春華って自己評価が低いよなぁ……ここまでの美人でこんなにも謙虚な性格なのは本当に珍しい）

そもそも当人は自分の能力をダメだと言っているが、そんなことは全くない。

彼女は無垢だが決して心の弱い少女ではない。とても真面目で学習能力も高く、経験さえ積めば強いストレスとの付き合い方も覚えていける人間なのだ。

（春華はそんな自分の可能性を引き出し始めた。これなら、もう大丈夫かな……）

春華の内面において、悪意に呑み込まれないための下地は確実にできつつある。ここからあの未来に行き着く可能性はかなり低いと言えるだろう。

「？　どうしたんです心一郎君？　なんだか難しい顔をしていますけど……」

「ああ、いや、なんでもないさ」

不思議そうに俺の顔を見上げる春華に、俺は笑ってそう返した。

未来のことは常に考えなくてはならないが、こうして二人で一緒に帰っている時まで頭に浮かべるべきじゃない。

「と、そうだ。バイトといえばこの間は給料日だったよな。春華は何に使うか決めていたりするのか？」

バイトを始めた目的は労働体験だと言っていたので、最初から欲しいものがあった訳じゃないようだったが……。

「ふふ、とりあえずライトノベルの購入費に充てることにしました！　自分のお金ならたとえ百冊買ってもお父様から怒られませんしね！」

「前も言ったけど多すぎだろ⁉　またラノベ禁止令の危機が来るぞ⁉」

前世でも春華がラノベを読んでいるのは知っていたが、そこまでハマっているという事実は今世で初めて知ったことだ。

前世で春華と初めてまともに話した時、まだ根暗だった俺が色々とラノベをオススメしたのが遠因なのかもしれんが……。

「で、でも読みたいのがいっぱいあるんです！　こうして一緒に帰るたびに心一郎君からオススメを教えてもらうことも多いですし！」

大人買い宣言が恥ずかしかったのか、春華が若干顔を赤くしながら言う。

だがまあ確かに……タイムリープしてから今まで、共通の話題が嬉しくて、確かにオススメした本は多かったかもしれない。

そう、本当に、一緒に帰るたびに――

「しかし……こうして春華と一緒に帰る機会も増えたよな」

ふと胸に抱いた想いを、俺はそのまま口に出した。

思えば、最初に春華と一緒に下校した時はドキドキだった。

なにせ、オッサンになっても俺の記憶で輝き続けた青春の宝石たる少女なのだ。

言葉を交わすだけで分不相応な気さえして、緊張と刺激的な甘さに胸が高鳴りっぱなしだった。

けれど今は――

（あの時ほど心が乱れていたりはしない……でもそれは決して想いが薄まった訳じゃなくて、むしろ――）

「ええ、そうですね。本当に……心一郎君とこんなにも気安くなれるなんて、春になったばかりの頃は想像していませんでした」

俺の言葉を受けて、春華が記憶を振り返るように言った。

「あの頃に比べて私もあまり緊張しなくなりましたけど……それはきっと私達のパーソナルスペースが近しくなったからですね」

「パーソナルスペース……ああ、人同士の距離感か」

「はい、以前に何かの本で読んだんですけど……人間は他人に近寄って欲しくないバリアみたいな距離を持っていて、親しくなるっていうのはお互いのバリアに少しずつ踏み込めるようになっていくことなんだとか」

言われて、俺はふと気付いた。

俺の顔を見上げる春華と俺との距離は肩を並べると表現できるほどに近い。半年前と比べて、俺達の間に存在する距離は信じられないほどに短くなっている。

お互いにそうしようと決めた訳でもないのに、いつの頃からかこうなっていたのだ。

「私達はずっと一緒にいました。だからこそお互いのパーソナルスペースはとても近くなって、いつの間にかそれが自然な状態になっているんだなって最近思います。実際、心一郎君のそばはとても落ち着くんです」

「……っ！」

ごく近しい距離で、とてもナチュラルに春華は言葉を紡ぐ。一緒にいるのが当たり前である家族にそうするように、気負いなく自然に微笑んでみせる。

（その無自覚男殺し攻撃はそろそろ自重してくれ！　俺達の距離は確かに近くなったけど、その反則攻撃にまで慣れる訳がないだろ⁉）

春華が言う通り俺達の心の距離はごく近くなった。

だが、いくら一緒にいることが自然になってきたと言っても、不意打ちで投げかけられる天然台詞（ぜりふ）は依然として男心を大いに慌てさせるのだ。

「あ、ところで心一郎君はアルバイト代を何に使ったんですか？　私と違って何か欲しいものがあったみたいな感じでしたけど……」

「あ、いや……それは……」

その素朴な疑問に、俺は言葉を詰まらせた。

その答えは今日春華に一緒に帰ろうと誘った理由と同じであり、本日における俺の重要なミッションに係ることだったからだ。

（いや、頃合いだろ俺。どんなタイミングでもどうせ心臓はバクバクするんだ……！　なら水を向けてくれた今こそ切り出すべきだろ！）

自分を叱咤し、俺は春華へ向き直る。

やはりというか、俺の童貞マインドは緊張に悲鳴を上げ汗がダラダラと身体中に流れ始める。先ほど春華が二人の距離が近くなったと言ってくれたのに、本性がビビりの俺はご覧のザマである。

だが、そんな弱さは知ったことではない。

俺のビビりを消すことは永久にできないかもしれないが――それを超越して実行に移せるほどの熱量が、今の俺にはあるのだから。

「その、実は……これがバイト代の使い道なんだ」

言って、俺はカバンから小さな紙袋を取り出す。

そして、そんな俺を不思議そうに見ている春華にそれを突き出し――

「……誕生日おめでとう、春華」

「え……」

頬を熱くしながら告げたその言葉に、春華は完全に虚を突かれた表情を見せる。

「これ、誕生日プレゼントだ。もしよければ……受け取ってほしい」

「あ、え……」

驚きの表情のまま、春華は俺から手渡された紙袋を受け取る。

自分の手の中にあるものが、まだ実感できないという様子で。

「あ、その、開けて、みても……？」

「ああ、もちろんだ」

俺が促すと、春華はゆっくりと紙袋を開く。

そうして、俺が贈ったプレゼントはとうとう想い人の目に晒される。

「え……⁉　こ、これって『プレイヤーズ！』一巻のサイン本⁉　それにこっちは……わあ！　とっても素敵なブックカバーと栞のセットです！」

その好感触な声を聞いて、俺はようやく少しだけホッとした。

どうやら、チョイスが最悪という事態は避けられたらしい。

「で、でも、どうして……あっ！　も、もしかして、この間私が電話で誕生日のことを言ったからですか……⁉」

「ああ、そうなんだ」

事の始まりは、先月の春華との電話中に『来月は家族と誕生日パーティーがある』と聞いたことだった。

モテない人生を歩んできた俺だが、誕生日に物を贈るのは恋愛アプローチにおいてテンプレートと言っていいほどに効果のあることだとは知っている。

　だからこそ妹の香奈子にも相談して密かに『春華ちゃんに贈る誕生日プレゼント大作戦』（命名：香奈子）を発動させていたのである。

「このサイン本は私が欲しがっていたのを覚えていて……!?　あ、でもこれって限定品で今はもう手に入らなかったような……」

「ああ、ネットオークションで探したんだ。ただそれだけだとちょっと物足りなかったから、文庫本用のブックカバーと栞のセットも、雑貨屋を巡って良さそうなものを選んだんだよ。本当に大したもんじゃないけど……」

「と、とんでもないです！　け、けれど……これ、さっきアルバイト代で買ったって言っていませんでしたか？　も、もしかして凄く高いものだったり……」

　感情を激しく揺さぶられている様子の春華が、心配そうにこちらを見た。

「あ、いや、そんなことはないって。確かにそれらはバイト代で買ったけど、そんなに高かった訳じゃないから安心してくれ」

　そう、俺がアルバイトを始めた理由こそが、春華に誕生日プレゼントを贈るお金を稼ぐためだったのだ。

　だが……今春華に言ったようにサイン本やブックカバーと栞のセットはお小遣いでも十分購入できるものであり、アルバイト代を注ぎ込まないと買えないほどに高価だった訳じ

ゃない。

では、何故俺はわざわざアルバイトなんて始めたのか。

実を言えばそこに大層な理由などなく……単なる俺の自己満足のためだ。

「まあ、くだらないこだわりだよ。春華へのプレゼントは親からもらう小遣いより……自分が働いたお金で買いたかったんだ」

「――――」

俺がそう告げると、春華はプレゼントの入った紙袋を抱いて何やら衝撃を受けたような表情を見せた。

……実際、それは本当にくだらないこだわりだ。

今の俺は学生なのだから、女の子に贈るプレゼントを小遣いで買っても全く問題はない。高校生が誰かにプレゼントを贈る場合、殆どがそうだろう。

だが、俺はまがりなりにもかつては大人をやっていた身だ。

そんな俺の感覚からすれば、親からもらった小遣いで好きな少女へのプレゼントを買うのにはいささか抵抗があったのだ。

だからこそ、俺は前世以来初めての労働を決意してバイトに勤しんだ。完全に自分の力で稼いだお金で、本当に気持ち良くプレゼントを渡すために。

「まあ、ブックカバーとかはあまり好みじゃなかったら別に無理して使わなくても……ん？　どうしたんだ春華？」

想い人にプレゼントを贈った気恥ずかしさに頬を赤らめていた俺だが、何やら春華の様子がおかしいことに気付く。

春華は紙袋をギュッと抱き締めたまま、顔を隠すように俯いていている。

その表情は見えないが、微かに身体を震わせており何か激しい感情を抱いているようにも見える。

な、なんだ？　や、やっぱり付き合ってもいない女の子に誕生日プレゼントを贈るなんて、ありえない行動だったか——って、え⁉

「ちょ、わ、ひゃっ……⁉　は、春華⁉」

俺は思わず、天下の公道で素っ頓狂な声を上げてしまった。

一体何を思ったのか——肩を震わせていた春華は、突然俺に近づいてきたかと思うと自分の頭を俺の胸に押しつけたのだ。

そしてそのまま、少女は何度も俺の胸に額を打ち付ける。まるで、感情を表現する手段がわからない子どもがそうするように。

「ちょ、えっ⁉　な、なにしているんだ⁉」

「わかりません……っ！　わかんないんです……！」

ようやく俺の胸から顔を離した春華は、瞳にうっすらと涙を溜めていた。感情の昂ぶりから顔が赤くなっており、辛うじて涙声を紡いでいる。

「っ、く……自分のことなのに全然わかりません……！　嬉しい気持ちしかないはずなのに、とても幸せな気持ちなのに……胸と頭がいっぱいになって、感情がパンクしちゃってるんです……！」

一息にそう言って荒い息を吐く春華を、俺は驚きと共に見た。

海で酔っ払ってしまった時を除けば、ここまで感情が乱れた春華を見るのは初めてかもしれない。

「え、ええと、まず落ち着いてくれ。ほらティッシュ使うか？」

「ふぁい……」

俺がカバンからポケットティッシュを取り出して差し出すと、春華は顔を赤くしたままそれを受け取り、俺に背を向けて涙でぐしゃぐしゃになった顔を拭う。

「ふぅ……すみません、みっともないところを見せてしまいました……」

「あ、いや、別に全然平気だけど……」

なんとか落ち着きを取り戻した春華が、申し訳なさそうに言うが、俺としてはまたしてもこの少女の知らない顔を見られてとても得した気分ですらある。

「……心一郎君は、ちょっとずるいです」

「えっ⁉」

「あのお店のアルバイトはお洒落な雰囲気とは裏腹に、とっても大変だって私は身をもってわかっています。それなのに、それで稼いだお給料で私の誕生日プレゼントを買ったなんて言うから……」

珍しくちょっとだけむくれたような表情を見せて、春華は続けた。

「ただでさえ嬉しい気持ちが、どこまでも舞い上がって訳がわからないくらいになって……こんなにもあっさりと私の心を溢れさせてしまうなんて、なんだか不公平です……」

頬を染めながら「むー……」と拗ねたように告げてくる少女に、俺の頬もまた熱を帯びる。俺のことをずるいなどと言うが、そうやって男心を締め付けるような表情の方がずっとずるい。

「……でも……本当にありがとうございます」

未だに頬は赤いが、昂ぶった感情が少し落ち着いたらしい春華が、俺へと一歩近づく。

その腕の中にある俺からのプレゼントを、さらに強く抱き締めて。

「家族以外の誰かから誕生日プレゼントをもらうなんて初めてなんですけど……こんなに

も嬉しいものだとは想像していませんでした。本当に……なんだか胸がいっぱいになっちゃっています」

感情の高ぶりを微かに引きずりつつ、春華は万感の思いを込めるように言う。

「やっぱり……心一郎君は特別みたいです」

「え……」

直後にさらりと告げられた言葉に、俺は目を剝いてしまった。

今なんだか、もの凄いことを言わなかったか？

「心一郎君が私の誕生日を覚えていてくれて、プレゼントを贈ってくれて……今私は信じられないくらいに満たされています。きっと他の誰から贈られるものよりもずっと嬉しいんだと……そう思ってしまいました」

自惚れではなく、春華の中で俺が一定の大きさを持つ存在になったという自信はそれなりにあった。だがそれでも、春華が口にした『特別』という言葉はあまりにも強烈で、一瞬目眩がするほどだった。

「だから……ありがとうございます」

春華の声には、穏やかな幸福がこもっていた。

心が欲するものが、全て満たされているかのように。

「心一郎君が今こうやって私の隣にいてくれることが、ただ幸せです。今まで生きてきた中で……最高の誕生日です」

その色彩の中で、春華ははにかむように微笑む。

俺からのプレゼントを大切そうに抱き、胸に溢れる歓喜が抑えられないかのように美しく上気した顔で。

（ああ、もう、本当に……何度好きになれば……）

夕日によって、世界はオレンジ色に染まっていた。その中で、春華は少しだけ頬に赤みがさした笑顔を、唯一俺だけに向けてくれていた。

天使と見まごう何よりも綺麗な笑みが——そこにはあった。

＊

「ふう、それにしても本当に溜まりすぎです……」

「へ……溜まりすぎ？」

天使の微笑みを浮かべていた春華は、ふと何かを思い出したかのように困ったような声を漏らした。

「それはもちろん、お返しについてです。ただでさえ心一郎君には色んなことでお世話になっているのに、最近はアルバイトでも助けてもらっています。その上こんなプレゼントまでもらってしまって……このままだと私の気が——あっ！」

俺としてはお返しなんてまるで想定していなかったが、真面目な春華はうんうんと唸って真剣に考え始め……そして突然パッと明るい顔を見せる。

「私、今とってもいいことを考えつきました！　今夜は家族で誕生日パーティーをする予定だったのですが、是非心一郎君も招かせてください！」

「えっ⁉」

そのあまりにも突然すぎる提案に、一瞬俺の思考が飛んだ。

それってどう考えても紫条院家のお屋敷でやるんだよなっ⁉

た、誕生日パーティー⁉

（紫条院家のお屋敷で開かれる春華の誕生日パーティーとか、流石に敷居が高すぎる……！　突然の乱入者である俺にピキピキした時宗さんの隣でバースデーソングを歌わにゃならんだろそれぇ⁉）

「あ、いえ……すみません。私ったらつい勢いに任せたことを言ってしまいました……。いきなり今夜に招待するなんてどう考えても迷惑ですし、心一郎君のお家の都合もありますもんね……」

　数秒前までは『我ながらとってもナイスアイディアです！』と言わんばかりに目をキラキラさせていた春華だったが、すぐに気落ちした表情を見せた。

「ごめんなさい、お返しは別の形で考えます。このまま心一郎君がウチに来て誕生日を祝ってくれたら、夢みたいに嬉しい……そんな私の願望が漏れてつい考えなしなことを言ってしまいました……」

「………………」

　頭を下げる春華の表情は先ほど誕生日パーティーへの招待を提案した時の弾ける笑顔とはほど遠く、楽しみにしていた散歩がフイになった子犬のように寂しさを滲(にじ)ませていた。

　俺が今夜のお祝いの席にいないことを、そんなにも惜しんでくれているのだ。

　それを意識してしまったら、もうダメだった。

　その悲しげな言葉と表情の破壊力は、春華至上主義である俺に烈火を宿らせるには十分すぎたのだ。

「……行く」

「え……？」

　唐突にそう宣言した俺に、春華の反応は少し遅れた。

「迷惑じゃないなら、是非招待を受けたい」

「えっ⁉　ほ、本当ですか！」

俺が言うと、春華は驚きつつも喜色を見せる。そんな少女の愛らしさが、俺の決意をますます強固にしていく。

「ああ、本当だ。叶(かな)うのなら俺を春華の誕生日パーティーに出席させて欲しい」

「わ、わあああああ！　ちょ、ちょっと待っていてください！　もしもしお母様ですか⁉　実は今夜――」

春華が携帯を手に勢い込んで話し始め、その電話口の向こうから、秋子(あきこ)さんの『ふおおおおおおおぉぉ……！　マジなの⁉　テンション上がってきたわ！』などというセレブが出しちゃいけない声や、家政婦である冬泉(ふゆいずみ)さんが『グッジョブですお嬢様……！』とか言っている声も漏れ聞こえてくる。

よし、じゃあ……俺も今の内に自分の親へ電話しておくか。

「ウチは大丈夫です！　思ったとおりお母様は大歓迎だから是非にと言っていました！　あと、もしお父様がうるさく言ったらとっちめるそうです！」

「ウチもＯＫだ。母さんはかなりびっくりしていたけど、迷惑にならない程度で帰ってくればいいってさ」

「わ、わ！　じゃあ、本当にいいんですね！　うわあぁぁ……！」

まるで遊園地行きが決まった子どものように、春華は溢れる喜びを隠さなかった。

俺なんかが誕生日を祝う席に参加することを、こんなにも喜んでくれている。

だからこそ決断に後悔はないのだが――内心は相当に冷や汗をかいていた。

（ふ、ふふ、脳みそがヒートアップして反射的に招待を受けてしまったぞぉ……！　ははは！　絶対いるに決まってる時宗さんと顔を合わせた時の反応が今から怖い……！）

頭のまだ冷静な部分による未来予知により、俺の頬に一筋冷たい汗が流れる。

いやホント、あの過保護社長にどんな顔で挨拶するつもりなんだろうな俺ってば！

（まあでも仕方ないよな！　春華にあんな寂しそうな顔をさせるなんてありえないし、俺自身が春華を祝う席にいたいって気持ちもある……！　うん、やっぱ仕方ない！）

ビビってるのは本当だが、それでも春華に歓迎されている限り俺の意志は揺るがない。

何か言われたら開き直って『いやぁ、どうもこんばんは！　春華さんからお誘いを受けてお邪魔しています！』と最高の笑顔で挨拶してやろう。

「それじゃあ、このまま一緒にウチまで行きましょう心一郎君！」

そばにいる春華が、ウキウキした声で俺へと呼びかける。

浮き立った心のままに、輝くような笑顔で。

「お父様はちょっと遅れるみたいですけど、パーティーの準備はもう万端みたいです！

夕方なんてすぐですし、ちょっとでも長く一緒にいるために急ぎたいです！」

嬉しさに満ちあふれた春華は、俺へとその白い手を差し出した。

俺はしばしその白魚のような手を眺め――やがて若干の気恥ずかしさを感じつつもその手を取った。

「ああ、じゃあ……行くか春華」

「はい！　善は急げです！」

あまりにも滑らかな春華の手に引かれ、俺は笑顔に満ちた少女と走り出した。

すっかりテンションが上がってしまった春華に、グイグイと引っ張られる形で。

触れ合う指はお互いのパーソナルスペースが消え失せているかのように絡み合い、今この時においてはそうなっているのが自然だった。

そうして、俺と春華はまた新たな思い出を刻むべく街中を駆けていく。

オレンジ色に染まった世界で手を取り合って――お互いにその熱を感じながら。

あとがき

作者の慶野です。この度は五巻のお買い上げまことにありがとうございます！

さて五巻はバイト回。過労死したくせに働き出すとイキイキしてくる心一郎と、もういい加減に好感度が限界な春華の話となりました。

そして、この物語は次が最終巻になるはずです。望む未来に辿（たど）り着（つ）くために、心一郎は今までの奇跡の対価として、運命が課す試練と相対することになるでしょう。

ただまあ一巻でも申し上げた通り、作者はハッピーな結末以外は書きませんので、その点は安心してください。

では字数がないのでまとめて謝辞を。スニーカー文庫担当編集の兄部様、イラストレーターのたん旦様、コミカライズ担当の伊勢海老（いせえび）ボイル様、いつもありがとうございます。

そして読者の皆様へ、いつもご愛読頂き深く感謝を申し上げます。

次回、二人の試練とイチャイチャに彩られた六巻をどうかご購読ください！

陰キャだった俺の青春リベンジ5
天使すぎるあの娘と歩むReライフ

著　慶野由志

角川スニーカー文庫　23842
2023年10月1日　初版発行

発行者　山下直久
発　行　株式会社KADOKAWA
〒102-8177 東京都千代田区富士見2-13-3
電話　0570-002-301（ナビダイヤル）

印刷所　株式会社暁印刷
製本所　本間製本株式会社

Printed in Japan　ISBN 978-4-04-114187-8　C0193

★ご意見、ご感想をお送りください★
〒102-8177 東京都千代田区富士見 2-13-3
株式会社KADOKAWA　角川スニーカー文庫編集部気付
「慶野由志」先生「たん旦」先生